超新釈
エモ恋万葉集
蜃気羊

はじめに

恋心って、永遠だと思います。
その証拠が万葉集なんだって、最近、気が付きました。

恋に傷ついたり、ときめいたり、
誰かに愛し愛され、そして恋に救われる——。

それは、1000年以上前にも、今と変わらずに存在した想い。
エモく、美しい、キラキラした瞬間。

この気付きをみんなに共有したいなって思って、
時代を超え、想いの純度が高い状態で冷凍された万葉集を、
現代の言葉に置き換えて、
1ページの恋の話にしました。

この本は万葉集の世界観を透明感溢れるイラストとともに、簡単に読める、初心者向けの本になっています。

古典が難しそうと思っている方。
今、恋をしている方、ちょっと恋に悩んでいる方。
エモくて、切ない瞬間を切り取った世界に浸りたい方。
興味本位で今、この本を手に取ってくれた方。
この本で古典、万葉集を身近に感じてもらえると嬉しいです。

それでは、一緒に1000年前のキラキラした恋を解凍しましょう。

✿この本の読み方
『原文』→『超訳』→『解説』
この順に読むと、だいたいの世界観、背景がわかるようになっています。
※現代の感覚に変換したため、すべてが正しい訳ではありません。
超新釈として、万葉集のエッセンスを楽しんでいただけたら嬉しいです。

【エモ恋　短編】

イラスト
Lima
装幀
長﨑 綾
(next door design)

【エモ恋　超訳】切なさの巻

ふたりの姿は時を溶かす

かくばかり恋しくしあらば
まそ鏡見ぬ日時《ひとき》なくあらましものを
（巻19　4221　大伴坂上郎女《おおとものさかのうえのいらつめ》）

iPhoneで自撮りした、ふたりの姿を、
ベッドの上で眺めている私は、
今日も君との写真を見て、日付を超えてしまった。

〈解説〉大伴坂上郎女の歌は、万葉集に八十四首も収められていて、これは女性歌人としては最多です。恋多き生涯だったようで、切ない別れや愛を詠んだ歌が多い印象です。

エフェクトがかった世界の中でも、
君を忘れられない

茜《あかね》さす日並べなくに
あが恋は吉野《よしの》の川の霧《きり》に立ちつつ
（巻6　916　車持朝臣千年）

この街に来てから、
もう、何日もこの堤防で、
茜色の空を眺めたのに、
君との恋が忘れられないよ。

ねえ、このエフェクトみたいな茜色は
私の悲しみを含んだ恋心みたいだね。

〈解説〉吉野川（奈良県と和歌山県を流れる紀の川）の霧と、恋しい気持ちをリンクさせているのが素敵です。車持朝臣千年は、女性だったのではという説もあります。遠くの相手を想う気持ちに浸れる歌です。

失恋は2秒すら麻痺させる

言清《こときよ》くいたくもな言ひそ
一日《ひとひ》だに君いしなくは堪《た》へがたきかも

（巻4　537　高田女王）

口先で甘い言葉なんか言わないで。

TikTokで、失恋を検索して、
2秒見ても、内容なんて入ってこないよ。

「限界なんだけど」

私の声は流行りの曲で簡単に消えた。


〈解説〉言清くいたくもな言ひそ「きれいな言葉ばかり言わないで」という意味。彼が振り向いてくれない切ない恋の様子が浮かびます。

君の誕生日がくる前に別れた

商変《あきかわ》り領《し》らすとの御法《みのり》あらばこそ
我が下衣《したごろも》返し賜《たま》はめ

（巻16　3809　娘子）

君の誕生日を迎える前に私たちは、
今までのことなんて、なにもなかったように、別れてしまった。

Amazonで買った、
君に似合いそうなTシャツ。
開けないままの段ボールを
自転車のかごに乗せ、
私は今、郵便局へ向かう。

帰ったら、気になるリストに入れたままの、
ワンピを買って、君を忘れたい。

〈解説〉商変り領らすとの御法あらば 「もし、返品できる法律があったら」という意味。振られた相手にプレゼントした物を返してほしいという気持ちが現れているように思います。もしかすると、自分の恋心も返したいという意味をかけているのでは？とも感じます。

桜のピンクは一瞬だった

桜花時は過ぎねど見る人の
恋の盛りと今し散るらむ

（巻10　1855　作者不詳）

桜並木で、はしゃいだ、
君との恋を録画した15秒はバズったけど、
目立ちがたりの君との違和感は消えなくて、
君との恋は簡単に散ってしまったね。

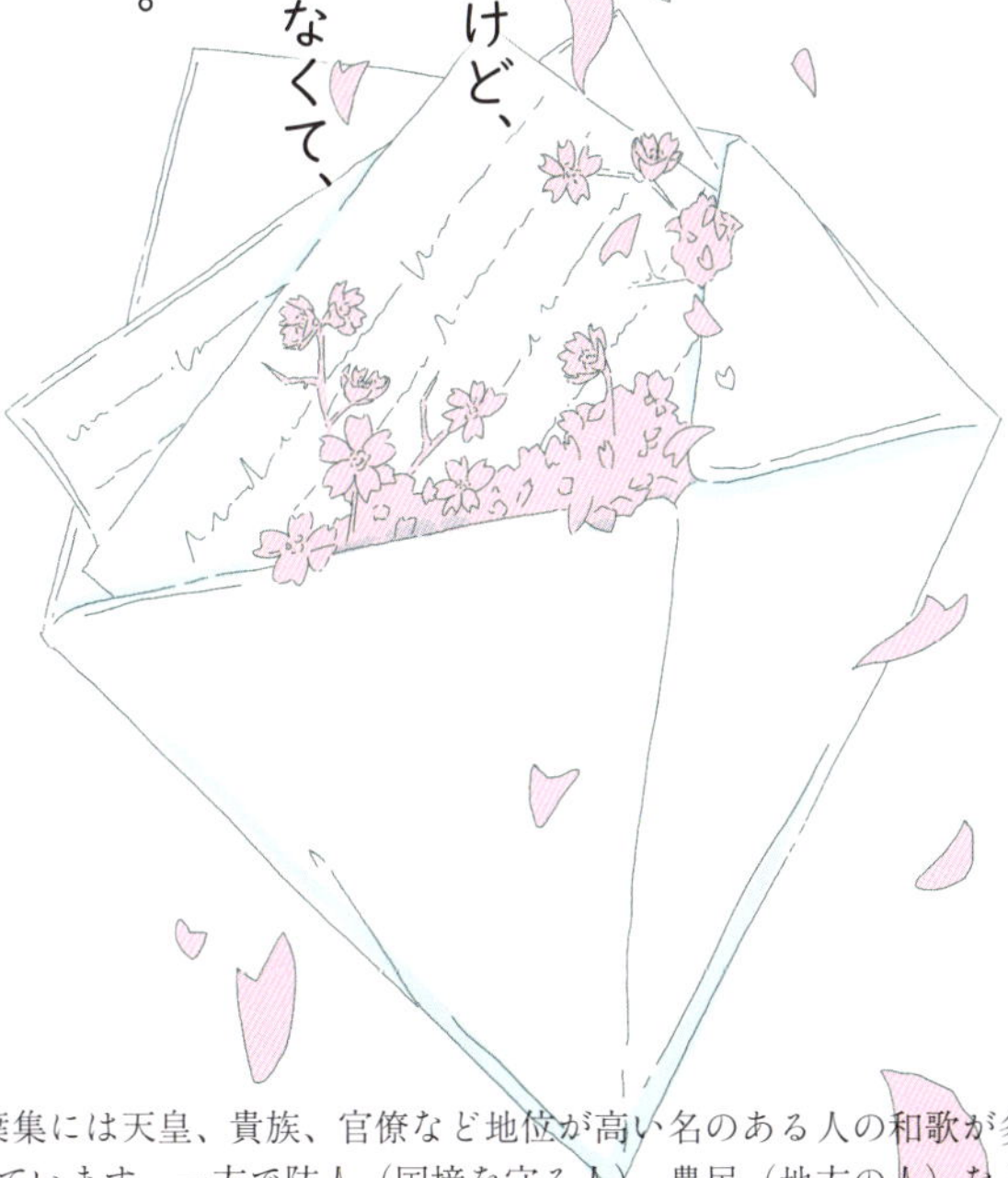

〈解説〉万葉集には天皇、貴族、官僚など地位が高い名のある人の和歌が多く収録されています。一方で防人（国境を守る人）、農民（地方の人）などが詠んだ作者不詳の作品も多く、約二千首あると言われています。

センチメンタルを大切にしたい

恋ひ死なむ後は何せむ
生ける日のためこそ妹《いも》を見まく欲《ほ》りすれ

（巻4　560　大伴宿禰百代）

泣かせてごめんね。
「もし僕がこの世から消えても」とか、言わないよ。
昨日の夜、ふと思ったから、思わず言ってしまったんだ。
夏の一瞬は、センチメンタルだから、
この何気ない瞬間すら、君を見続けたいよ。
だから、僕は今を後悔しないように、
ただ、この一瞬を君と一緒にいたい。

〈解説〉「妹」は、女性の恋人や妻の意味。愛しい人という意味で、「吾妹子」「我妹」などでも表現されています。歌によっては、現代と同じ意味で使う例もあります。この歌は「どんなに恋しても死んだら終わりだから、生きている今を大事にしよう」というメッセージが伝わってきます。

蛙化した恋は、もう元に戻らない

吾妹子《わぎもこ》に恋ひ乱れたり
反転《くるべき》に懸けて縁《よ》せむとわが恋ひそめし
（巻4　642　湯原王《ゆはらのおおきみ》）

あの日の放課後、君とスタバで、
MBTIで相性抜群だったことを笑いあったよね。
あの冬の時間は、すごくときめいて、君に夢中になって、
心が恋で乱されたのにね。
だけど、この恋が蛙化しちゃうなんて思わなかった。
あのとき、恋で乱された心はもう戻らない。
そんな冷めた自分が最近は嫌になるんだ。

〈解説〉「反転」は糸巻きのことです。「あのときの恋の気持ちを糸巻きにかけても、もう、君との縁は戻らない」と、比喩に糸巻きを使っています。三十一音しか使えない文章のなかで、とても高度なことをしている印象です。

あいつが君と僕を出会わせなければ

吾妹子《わぎもこ》を相知らしめし人をこそ
恋のまされば恨めしみ思へ

（巻4　494　田部忌寸櫟子）

最初から、愛しい君を知らなければよかった。
あいつが君と僕を出会わせなければ、
君に恋しないで、苦しまなかったのにね。
だから、僕は君との運命を恨むよ。

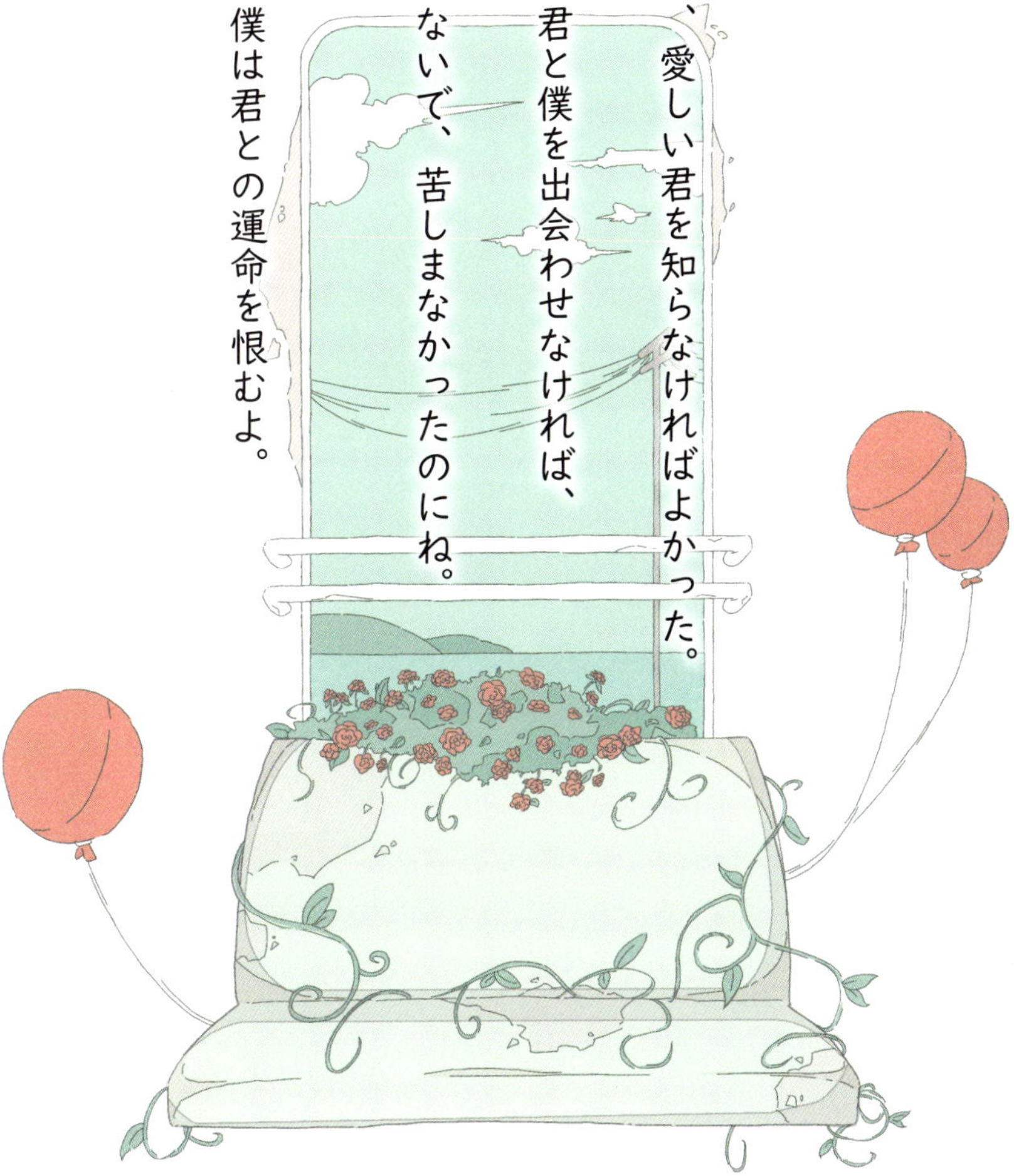

〈解説〉吾妹子は「愛しい君」、相知らしめし人は、「紹介した人」という意味。好きな人との恋愛が進まず、紹介した人を恨んでいるという恨み強めな歌です。超訳では、好きな人と最初から出会わなければよかったのに、という気持ちを膨らませてみました。

来る、来ない、来る？

来《こ》むと言ふも来ぬ時あるを来じと言ふを
来むとは待たじ来じと言ふものを

（巻4　527　大伴坂上郎女）

来ると言っても、来ないのは、
私だって、わかっているよ。
iPhone の通知ばっかり気にしてさ。
君は気まぐれで、
どうせ私のことなんて見てくれないでしょ。
「来る、来ない、来る？ 来ない？ 来る」
今日も想いが揺れながら、胸のなかで花占いを繰り返す。

〈解説〉大伴坂上郎女はこの歌とあわせて四首を同じ人に返しています。四首のなかで「来」という字を七回使っています。それだけ彼に会いに来て欲しいと思っていたのかもしれません。

ブルベ夏の41キロが君に恋しても

百千度《ももちたび》恋ふと言ふとも諸弟《もろと》らが
練《ねり》の言葉はわれは信《たの》まじ

（巻4　774　大伴宿禰家持《おおとものすくねやかもち》）

もうさ、
100回、1000回と、君に気持ちを伝えられたとしても、
もう、結果なんて何一つ変わらないよ。

君にまだ未練が残ってるし、
君に真剣に恋をしていたことだけは知ってほしいな。
ただ、ブルベ夏の41キロが、青系統で揃えた部屋のなかで、
膝を抱えちゃうほど、
君の巧みな言葉はもう、信じられないよ。
マジで。

〈解説〉大伴宿禰家持　その一　女々しいですが、男性です。しかも、彼は立派な官僚でした。和歌に女性的な感性が見えたので、今回の超訳では、和歌の主人公を女の子にしてみました。彼はなぜ歌人になったのか——。その二に続きます。

遠距離の寂しさを消したい

家人に恋ひ過ぎめやもかはづ鳴く
泉の里に年の経《へ》ぬれば

（巻4　696　石川朝臣広成）

遠距離恋愛って、覚悟決めてても、たまに寂しくなるんだ。
君への想いは変わってないよ。
旅立つときになぜか君がくれた、
カーミットのフィギュアを見ると思わず笑えるんだ。
あどけない姿が、たまに切なくなるよ。
寂しさを紛らすものをくれてありがとう。
家にいるとき、一緒に自撮りするね。

〈解説〉この歌は単身赴任で奥さんと離れ離れになっているときに作られたと言われています。当時、政治が不安定で、五年間で四度も平城京（奈良）から別な場所へ都が移された歴史があります。

もう、伝えられないのは知っている

風をだに恋ふるはともし風をだに
来むとし待たば何か嘆《なげ》かむ

（巻4　489　鏡王女）

図書室に風が入った瞬間、
白いカーテンが大きく揺れた。
ひとりで当番をするのは退屈だけど、
今日も君が来てくれるんじゃないかって、
淡い期待を勝手にしちゃうよ。

昨日、たまたまインスタで見た、
女子から告白するほうがうまくいくって本当なのかな――。

だけど、もう、それもできないよ。
だって、JKになったばかりの春、
好きだった君は、誰かと付き合い始めたって、聞いたよ。
私が躊躇《ためら》っているうちに。

〈解説〉鏡王女が妹の額田王が書いた歌から、一方、私はという視点で、今の心境を表した歌だと言われています。好きな人が胸の中で生き続けているけど、もう、二度と逢えないのも知っている、そんな複雑な心境を歌ったようです。

クリスマスと空想

かくばかり恋ひつつあらずは石木にも
ならましものを物《もの》思《も》はずして

（巻4　722　大伴宿禰家持）

こんなにこの恋が憂鬱なら、
ハートの形のオーナメントや、
どんな恋も彩るクリスマスツリーになりたい。
そんな空想をスタバのカウンター席で、
ずっと続けられたら、
こんなに思いにふけることもないのに。

〈解説〉大伴宿禰家持　その二　彼の歌は、万葉集に四七三作収録され、その収録数は、ぶっちぎりの一位。また、彼は和歌コレクターで、多くの和歌を書き留めていました。その三に続きます。

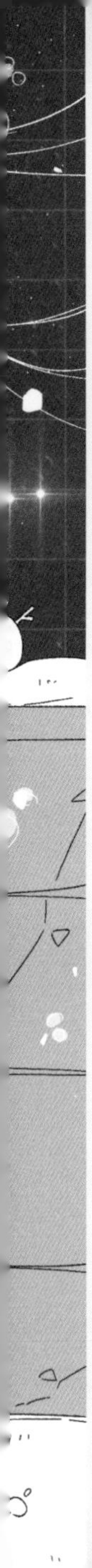

君とあの日の初雪

初雪は千重《ちえ》に降りしけ
恋しくの多かるわれは見つつ偲《しの》はむ
（巻20　4475　大原真人今城）

別に初雪で感傷するわけじゃないけど、
雪の中、君と笑いあった瞬間を思い出してしまったよ。

〈解説〉恋しくの多かる「恋しさがつのる」という意味です。「恋しさがつのる」気持ちを、「雪が積もる」情景で表しているのが、とてもきれいです。

【エモ恋 超訳】愛しさの巻

今日も恋を忘れたい

わが背子《せこ》に恋《こ》ふれば苦し暇《いとま》あらば
拾《ひり》ひて行かむ恋忘《こいわす》れ貝《がい》

（巻6　964　大伴坂上郎女）

恋ってどうして、
こんなに苦しんだろう。
とりあえず、
この片思いを頭から離すために、
今日もスリコで
君が振り向いてくれそうな
ヘアクリップを探す。

〈解説〉恋忘れ貝は、大伴坂上郎女の造語と言われています。愛しい人を思うと、つらすぎるから、恋を忘れられる貝を拾えたらいいのにって、最高にキュートです。

君と同じロックを聴く
私の幸福度はあがる

皆人《みなひと》を寝よとの
鐘は打つなれど
君をし思へば寝ねかてぬかも

（巻4　607　笠女郎《かさのいらつめ》）

みんなが寝静まった時間に、
私はようやくベッドに横になった。
Spotifyで君が好きだって言ってたロックを聴き、
長い夜を寝ようと努力してるよ。
だけど、今日、君が言ってくれた、
「気が合うかもな」って言葉が頭の中で響いて、
もっと意味が知りたくて眠れないじゃん。

〈解説〉笠女郎の作品は二十九首、残っています。すべての歌が大伴宿禰家持に贈った歌です。繊細な歌を詠む大伴宿禰家持の才能に笠女郎は惹かれたのかもしれません。ただ、彼が笠女郎に贈った歌はわずか二首でした。背景をみると、とても切ないです。

内面推せるほどの私じゃないのに

ますらをもかく恋ひけるを
たわやめの恋ふる心に
たぐひあらめやも

（巻4　582　大伴坂上大嬢）

1軍で、モテる君がどうして、
地味な私のことを見てくれるんだろう。
私と付き合っても、きっと釣り合わないよ。
ただね、私は君以上に君のことが好きだと思うんだ。

〈解説〉「ますらを」は勇ましい男子、「たわやめ」はおしとやかな女子という意味です。つまり、この歌は正反対なふたりを対比している様子が描かれています。超訳では、乙女なヒロインをより引き立てるようにしてみました。

去年の春、君に恋した

去年《こぞ》の春逢へりし
君に恋ひにてし桜の花は迎へ来らしも
（巻8　1430　若宮年魚麻呂）

去年の春、君と出会った瞬間に電撃が走ったんだよ。
それは恋の証だってことは、
誰に聞かなくてもわかったよ。
桜の下で君が私に微笑んでくれたことが、
忘れられなかったんだ。
だから、今年もこうして、
君と一緒に桜を見ることができて、嬉しいよ。

〈解説〉この歌は、桜が散り、それから一年が経ち、また桜が咲いたという時の流れを描いた作品です。昔も、今も、桜に気持ちを揺さぶられるのは一緒みたいです。

恋、来いって、恋焦がれて

恋ひ恋ひて逢ひたるものを月しあれば
夜は隠《こも》るらむしましはあり待て

（巻4　667　大伴坂上郎女）

恋、来いって、恋焦がれて、
やっと、君に会えたけど、
Be Real 来たし、
とりあえず、一緒に月の下で自撮りしよ？
夜はまだ始まったばかりだし、
もっと君と話がしたいな。

〈解説〉この時代の女性は、自分から積極的に恋を進めることが難しく、待つことしかできませんでした。待っていた相手にやっと会えて嬉しい！って感じが伝わってきます。この歌は、歌会の酔ったノリで作られたらしいです。

炎上中の恋、ゴシップに激情

恋ひ死なむそこも同じそ何せむに
人目《ひとめ》人言《ひとごと》こちたみわがせむ

（巻4　748　大伴宿禰家持）

私と君がタイムラインで燃えている。

恋しさで死にそうなんだけど。
些細な恋の始まりで炎上する今、
朝から君と同じ教室になんて居れるわけないじゃん。
どうせ、もう周りを気にする意味がなくなったから、
「大好き」って、君の前で叫んでやる。

〈解説〉この歌の「人目人言こちたみ」は、人目や噂に心が痛むという意味です。恋の噂で悩むことは、昔もあったようです。

モンブランの甘さでも、この恋は緊張する

わが君に戯奴《わけ》は恋ふらし
賜《たば》りたる茅花《ちばな》を喫《は》めどいや痩せ痩す
（巻8　1462　大伴宿禰家持）

「痩せ過ぎだから食べようよ」って言われて、
君と一緒に入った、カフェはおしゃれすぎるよ。

搾り器から生まれたての細いモンブランを
スプーンで口に含むたびに、
とても甘くて、切なく感じるよ。
この最高の甘さを食べきっても、
私は痩せたままだと思う。

だって、君に恋しすぎて、
食事も喉に通らないほど、
君の前では緊張するから。

〈解説〉大伴宿禰家持　その三　彼の和歌ノートは彼のコレクションに過ぎないはずでした（北山説）。しかし、事件が起きます。彼の死後、家財が没収され、その中に和歌ノートがありました。それが今、読んでいる万葉集です。その四に続きます。

私をメンヘラだって思ってても

われのみそ君には恋ふる
わが背子《せこ》が恋ふとふことは言の慰《なぐ》そ
（巻4　656　大伴坂上郎女）

メンヘラとか言われてもいいよ。
君からの軽はずみな慰めなんていらないから。
本当に私に恋したなら、
口だけじゃなく、
もっと、しっかり私を見て。

〈解説〉われのみそ君には恋ふる「私だけが君に恋している」という意味です。両想いではなく、彼と気持ちの大きさに差がある、という切なさを詠んでいるみたいです。

秋風の中、ひとりで待つのは、
寂しいよ

君待つとあが恋ひ居れば
我が屋戸の簾《すだれ》動かし秋の風吹く
（巻4　488　額田王）

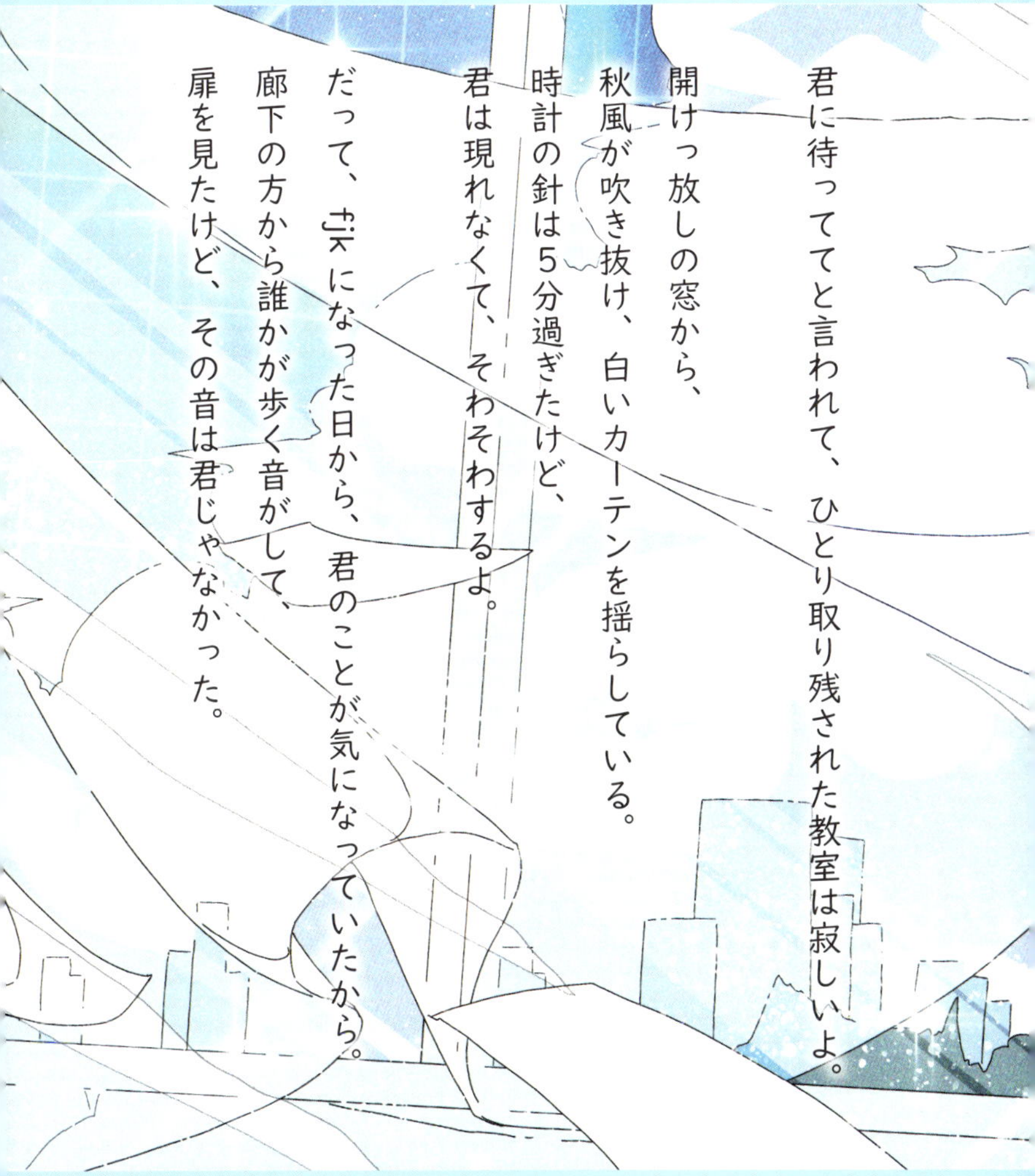

君に待っててと言われて、ひとり取り残された教室は寂しいよ。
開けっ放しの窓から、
秋風が吹き抜け、白いカーテンを揺らしている。
時計の針は5分過ぎたけど、
君は現れなくて、そわそわするよ。
だって、fjkになった日から、君のことが気になっていたから。
廊下の方から誰かが歩く音がして、
扉を見たけど、その音は君じゃなかった。

〈解説〉当時のすだれは、竹や麻など糸から作られていて、日光を遮るカーテンや間仕切りなどに使われていました。秋風で弱く揺れるすだれと、床を照らす白い日の光が揺れている様子が伝わってきます。

つらいけど、もう会いたい

#6month #遠距離恋愛 #カップル

今のごと恋しく君が思はえば
いかにかもせむするすべのなさ

（巻17　3928　大伴坂上郎女）

つらいけど、もう会いたい #6month #遠距離恋愛 #カップル

この前、6month 記念したばかりなのに、
付き合ったまま、遠距離になるのは、
嫌すぎるけど仕方ないよね。
LINEの通話だけじゃ、
きっとこの気持ちは満たされないと思うから、
やるせない気持ちを埋めたくて、
とりあえず、半年後のLCC予約したよ。

〈解説〉この歌は大伴坂上郎女が大伴宿禰家持へ向けた歌です。彼女は彼の叔母であり、育ての親でした。彼が地方へ赴任するとき、恋人がいなくなるような想いで、彼女はこの歌を書いたと思われます。

いつか寒くなっても、
好きって言ってほしい

人言《ひとごと》を繁み言痛《こちた》み
己《おの》が世にいまだ渡らぬ朝川渡る
（巻2　116　但馬皇女）

噂が辛くても、学校には行くよ。
いつも渡る大きな川は朝日を反射していて、眩しい。
一緒になれないのは、わかってるけど、仕方ないじゃん。
私、君のことが好きだから。
橋の真ん中過ぎて、
「今日、学校サボろう」って、君からメッセージが届いた。
ずるいよ、君は。って、思ったけど、結局、私は君に会いたくて、走り始めた。

〈解説〉人言を繁み言痛み「噂がうるさくて」という意味です。但馬皇女が穂積皇子と許されない恋をしていたときに、書かれた歌だと言われています。しかし、彼とは結ばれることなく、亡くなりました。死後、彼が彼女に向けて詠んだ歌も残っています。

僕の片思いと、女々しさに悩む

ますらをや片恋ひせむと嘆《なげ》けども
醜《しこ》のますらをなほ恋ひにけり

（巻2　117　舎人皇子《とねりのみこ》）

男らしく、女々しさを捨ててしまえればって思うのに、
君の前では緊張して、上手く話すことができないんだ。
そんな、ふがいない僕のことを笑ってくれてもいいよ。
君に片思いなのは知っているけど、
なんとか、君に振り向いてほしいから、
僕は今日も君との恋に悩む。

〈解説〉舎人皇子は、『日本書紀』を編集した人です。万葉集には三首、載っています。そんな彼も、片思いに悩んでいることを赤裸々に詠んでいます。告白するのに勇気を奮い立たせるのは、どの時代も同じようです。思わず応援したくなりますね。

待ち合わせ前、ネイルチップに願いを込めて

天の川相向き立ちて
わが恋ひし君来ますなり
紐解き設《ま》けな

（巻8　1518　山上臣憶良《やまのうへのおみおくら》）

7月7日、君との待ち合わせはいつもドキドキするんだよ。
iPhoneをみると、まだ待ち合わせの5分前で、
その5分さえあれば、きっと私は君への恋がもっと積もると思う。
シルバーにピンクの星のネルチつけてみたから、
もし、それに気づいてくれたら、すごく嬉しくなるよ。
だから、私の心臓が破裂する前に早く来てほしい。

〈解説〉この歌は七夕の歌で、山上臣憶良（男性）が織姫のことを書いたと言われています。男子目線のためか、織姫が恋に大胆そうな印象です。

夢の中でも

夜昼といふ別《わき》知らに
わが恋《こ》ふる心はけだし夢《いめ》に見えきや

（巻4　716　大伴宿禰家持）

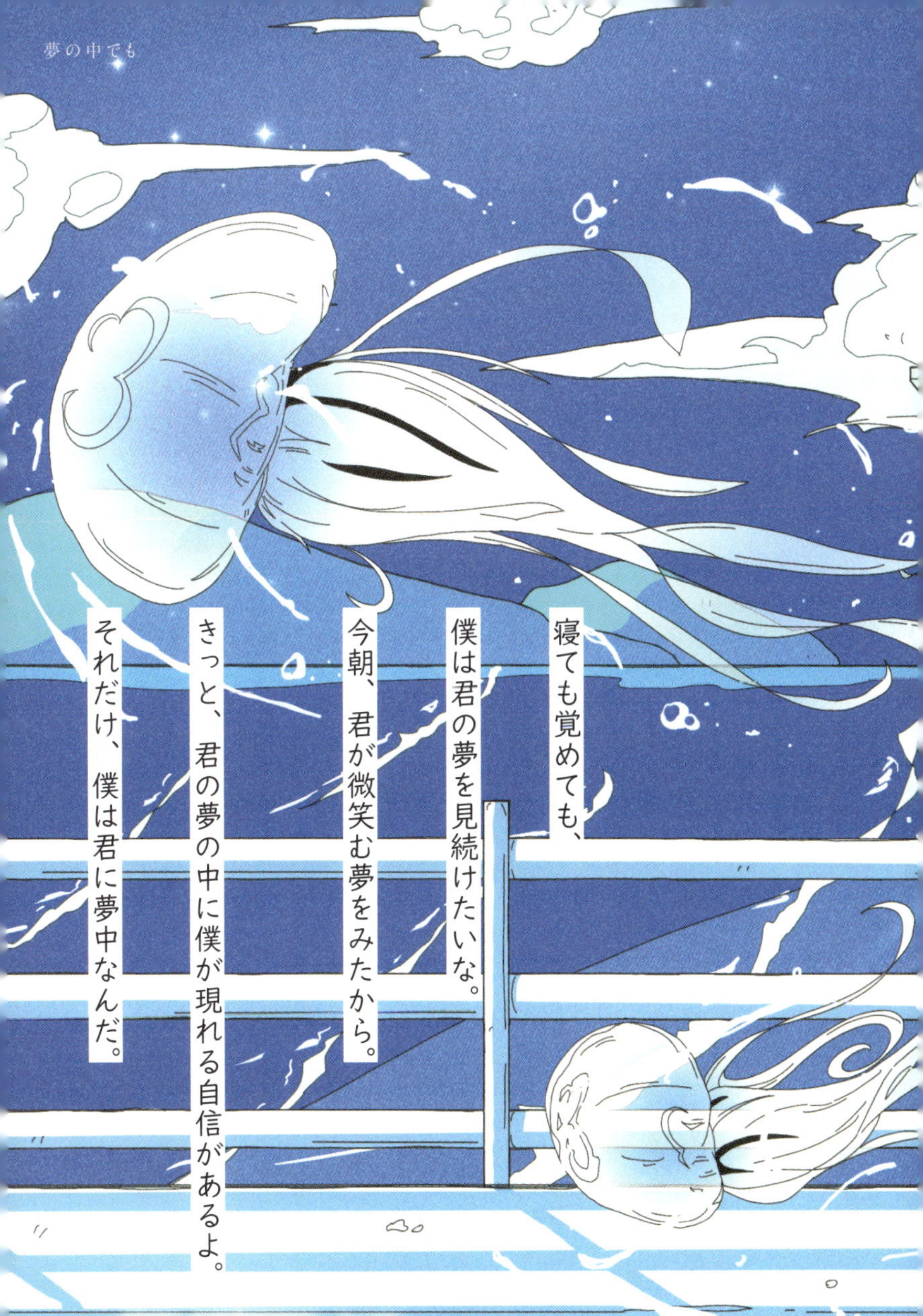

寝ても覚めても、
僕は君の夢を見続けたいな。
今朝、君が微笑む夢をみたから。
きっと、君の夢の中に僕が現れる自信があるよ。
それだけ、僕は君に夢中なんだ。

〈解説〉大伴宿禰家持　その四
彼の感性、収集がなければ、万葉集はこの世にありませんでした。彼に女性的な感性があったのは、もしかすると、無数の女性の和歌を読み通していたからでは？と勝手に想像しちゃいました。おしまい。

【エモ恋　短編】

雨の中、些細な恋を君と誓う

雨の中、些細な恋を君と誓う

ひさかたの
雨も降らぬか雨つつみ
君にたぐひてこの日暮らさむ

（巻4　520　後人）

もし、今、雨が降ってくれたら、
このまま、君と雨の中に閉じ込められてもいいよ。
一日中、君の側で雨の日を過ごしたい。

〈解説〉この歌は、「雨を口実に来ない君は、昨日、雨に濡れて私のこと、嫌になったのかな（巻4　519　大伴坂上郎女）」という意図の歌に返した歌といわれています。彼女の不安に対して、「私は雨を理由に一緒に過ごすけどね」と、慰めている感じです！

夏休みの補講を終えて、吹奏楽部の音が無数に響いている廊下を私と圭《けい》くんは歩いている。

補講の授業も私と圭くんだけだったから、一時間、数学の問題が書かれたテスト用紙を何枚か書き、それを提出して、補講が終わった。

「おつかれ。ようやっと、俺たちの夏休みが始まったな」

「そうだね、おつかれ」

私は圭くんのことを意識しすぎて、そう返すことしかできなかった。

そう返しながら私の左側を歩く、圭くんを見ると、圭くんはだるそうに微笑《ほほえ》んでくれた。

耳元の銀色のピアスが一瞬、反射した。

きっと、普通の学校生活だったら、圭くんとは、話すことなんてなかったかもしれない。クラスだって別々だし、1軍の雰囲気が漂っている圭くんと、2軍で地味な私が話すなんて、未知との遭遇ぐらい困難なことだと思う。

そんな余計なことばかりに考えを持っていかれ、本当なら会話を続けたいのに、その次の言葉はいまいち、思いつかなかった。

「二日も一緒にいたら、離れるの寂しいな」

「えっ」

「だって、飯だって一緒に食べたしさ、夏休み始まるのは、すげぇ嬉しいんだけど、涼香《すずか》と離れるのは寂しいな」

圭くんにちゃっかり下の名前で呼ばれて、余計、私は緊張を強いられるような感覚に襲われた。

確かに補講だったこの二日間は圭くんと、ふたりきりだった。

だから、教室で一緒に、お昼ご飯も食べたし、私が持ってきた酸っぱいレモン味のグミを一緒に食べたりした。チャラそうに見える圭くんは意外と、落ち着いていたし、大人しい私と意外に話があった。

昨日から、お互いに下の名前で呼ぶようになった。

そう提案してきたのは、もちろん圭くんで、私は昨日からそんな圭くんに今日もドキドキしていた。

「なあ、涼香」

「なに？　――圭くん」

「駅前のジェラート、気になってるんだよ」

「うん」

一緒に行こうかなんて、私から言えないと思った。

そう口にして、ドライアイスに触《さわ》って、やけどしたみたいになりたくないし、できるなら、ずっと、こんなふわふわで曖昧な関係を圭くんと続けてみたかった。

盲腸《もうちょう》になって入院したときは最悪だと思ったけど、たった二か月後にこんな未来が訪れたんだから、なにが起こるか、わからないとも思った。

私たちは、そんなふわふわな雰囲気の中で、玄関ホールまでたどり着いた。


駅まで繋がっている路地を圭くんと横並びで歩いている。

路地は緩やかな下り坂になっていて、坂を下った先は、陽炎《かげろう》で踏切がぼやけていた。道の先に見える青は薄く白さが混じっていて、その奥に立ち込めている入道雲《にゅうどうぐも》が午後の日差しに照らされ、丸くて柔らかな立体感を作っていた。

「なあ、涼香」

「──なに？」

「俺、涼香と似ているような気がするんだ」

そう圭くんに言われても、説得力がないように感じた。

たまたま、ふたりで補講を受けて、たまたま話が合っただけだよ、まだ。

それに圭くんは表面的な私しか知らないじゃん。


「──こんな地味なのに、どこが似てるの？」

「涼香、見た目じゃないよ。話が合うんだよ。二日間、涼香と話してて、すごい楽しいって思ったよ。入院中の話とかさ」

昨日、教室でお昼ご飯を食べているときに話した、私の不幸話なのに、一体、どこが面白かったんだろう──。

五月に手術して、早く帰れると思ったけど、いまいち体調が元にもどらなくて、思っていたよりも入院が長くなった。

そのせいで、単位が危うくなったから、補講を受けさせられることになった。

だけど、圭くんがどうして、私と同じように単位が不足したのかはまだ、聞いていなかった。

「確かに、大変そうだと思ったよ。だけど、それを暗くならずに、面白い感じで言えてるところがすげぇなって思ったし、かわいいなって思った」

病気の話でかわいいって言われてもな——。

茶化されているのか、本当にそう思って言っているのか、圭くんのことがいまいちよくわからなくなった。

「うるさいキャッキャしてる1軍女子より、ずっと、頭がいいし、話が深いし、合いそうな気がした」

急に右手に熱を感じて、手元を見ると、私の手は圭くんの左手に繋がれていた。

こうやって男の子に自然に手を繋がれたのは初めてで、私の心拍数は重低音を立て始めた。

「いい子だね、涼香。冷たいの一緒に食べよう」

手慣れているようなそのセリフを聞き、1軍女子が話していたのを、たまたま聞いてしまった噂は本当だったんだと、腑《ふ》に落ちた。

かわいい1軍の彼女と付き合い、そして、別れたらしいよという話が頭の中で再生されながら、私は今、その噂になっていた圭くんに手を繋がれているのが、ものすごく不思議に感じた。

「どうして、俺が補講になったのか、聞かないよな。涼香って」

圭くんはそう言ったあと、カップに入った、レモンとシャインマスカットのジェラートの境目をすくい、そして、その薄黄色と黄緑を口の中に入れた。

私も圭くんの真似をして、同じ組み合わせのジェラートにした。

私は薄黄色を木べらですくい、口の中に入れた。

口に入れた瞬間、冷たさと、レモンの爽《さわ》やかさが一気に広がった。

そして、私はその甘酸っぱさで、圭くんの質問を忘れそうになった。

ジェラート屋さんのテラス席で私たちは、のんびりジェラートを食べている。

圭くんは白いパラソルの日陰になる側の席を指し、座ってと言ってくれた。

なんかそれだけで、すごいモテそうな優しさなのに、なんで地味で1軍でもない、私なんかに付き合ってくれているのかよくわからなかった。

噂は知っていた。

停学になった埋め合わせだってことを。

煙草を吸ったとか、誰かと喧嘩をしたとか、ヤバいバイトしてたとか、いろんなことを聞いたけど、どうでもよかった。

「だって、聞く意味なんてないでしょ」

「確かに、意味なんてないかもな」

そう言って、圭くんは微笑んでくれたから、私は急に顔に熱を感じた。

だから、それを誤魔化すために今度は、シャインマスカットのほうを木べらですくい、口の中に入れた。

「俺、涼香のそういうところ、悪くないと思ってるよ」

そう思ってくれたのは意外だった。

女子の友達がいつも私から離れたり、私の悪い噂を立てるときは、こういうところが冷たくて、現実的なことばかり言うから共感性がなくて、空気が読めてないって言われている。

高校二年生になり、私のクラスガチャは最悪だった。

私のそういうところが気に入らなさそうな女子が3分の2以上を占めていた。

つまり、十人くらいの気の合う1軍女子が固まりすぎたクラスになっていた。

1軍からすれば、奇跡のクラスって毎日バカ騒ぎしているけど、その対極の私みたいな2軍は、ぼっちを強いられている。

圭くんとのクラスは離れすぎているから、きっと、圭くんは私のポジションなんて知らないんだ。

「入院することになったとき、少しほっとしたんだ」

「そうなんだ。痛みより、逃げたいのほうが大きかったんじゃない?」

「えっ。——なんでわかるの」

急に私の心の中を覗かれたみたいで、思わず、咄嗟《とっさ》のリアクションが引き気味になったことを私は少しだけ後悔した。

だけど、そんな私のことなんて、気にもとめていなさそうに圭くんは話を続けた。

「人狼《じんろう》の占い師みたいな扱いするなよ。好きだけどさ、人狼。俺、こう見えても察しがいいんだよね。『少しほっとした』ってことは、裏には絶対なにかあるでしょ。絶対、入院なんてしたくないし」

「そっか、頭いいね」

「頭よかったら補講なんて受けてないよ。そもそも俺も孤独を好むタイプだから」

孤独を好むなら、なんで私と今ここでジェラートを食べているんだろう。

そんなことを考えながら、もう一口、ジェラートを食べたあと、息を吐《は》くと、口の中の冷たさを一気に唇で感じた。


「――ねえ」

「なに？　涼香」

「私は思ったよりつまらない人間だと思うよ。――け、圭くんが思っている以上に、地味だし、本ばかり読んでいて、派手さはないよ。それに本当に私はぼっちだし」

私がそう言い終わると、圭くんはへえ、と言いながらまた微笑んだ。

その微笑みが優しくて、左手に持ったままのジェラートが溶けてしまうんじゃないかと思った。


「涼香。孤独を知っている人間は強いと思うんだ。だって、今だってそうだろ？　相手のことを常に考えているような発言、そして、相手の嫌だと思いそうなところは聞かない。そういうところが、涼香の強さを作ってるんだよ」

圭くんはそう言ったあと、ジェラートをすべて食べきり、手に持っていたカップをテーブルに置いた。だから、私も残りのジェラートを食べきり、空になったカップを圭くんと同じようにテーブルの上に置いた。

「よし、身体冷えたたし、公園行こう」

圭くんが立ち上がったから、私も慌てて、椅子を後ろに引き、立ち上がった。

「悪い、ずっと我慢してたんだ。吸ってもいい？」

図書館の隣りにある公園の屋根付きのベンチに着いて、すぐに、圭くんからそう言われた。

あ、やっぱり噂は本当だったんだ。

そんなことを私が考えている間に圭くんはスクバからなにかを取りだした。

だけど、圭くんが手に持っているのは藍色の長方形の箱だった。

「これって――」

「お、知ってる口？　吸う」と言いながら、圭くんは箱を見せてきた。

「──ココアシガレットじゃん」

「懐かしいでしょ。一本ずつ食べようぜ」

そう言って笑いながら、圭くんは箱から、ココアシガレットを二本出して、一本を渡してくれた。

「ありがとう」

「噂なんて、そんなもんなんだよ」

「好きなの？」

「うん、毎日、コンビニで買うくらい好き」

圭くんは右手の人差し指と中指に挟《はさ》んでいるココアシガレットを口元に持っていき、吸って、煙を吐くふりをして、また笑ったから、私が思っている以上に圭くんって、変わってるんだって思った。

だだっ広い芝生《しばふ》とグラウンドが目の前に広がっている。

だけど、今日は、人がまばらで、公園はとても静かだった。

グラウンドも誰も使っていなくて、寂しく見えた。

そんな公園の雰囲気が私と圭くん以外、誰もいないように感じた。

そんな光景を眺めながら、私は一口、ココアシガレットを噛《か》んだ。


「俺、三か月前に彼女いたんだけどさ」

「知ってるよ」

「えっ、どうして？」

驚いてそうな表情で、私をじっと見てきたから、その感じが素直に可愛かった。


「だって、噂になってたから」

「あー、やっぱりそうか。なんかわからないけど、俺、目立つんだよな」

「ピアス付けてるからでしょ」

「違うよ。俺、スターだからだよ」

「自信持ちすぎでしょ」と弱く笑いながら返すと、だよなと言ったあと、圭くんも同じように弱く笑った。

さっきまで青空が広がり、目の前の芝は太陽の光でキラキラとしていたのに、急に辺りが灰色になり始めた。

そして、空気も一気に湿度で重くなり始めていた。

「嫉妬《しっと》で別れたんだ」

「嫉妬？」

「そう。他の女の子にも同じように優しくしないでって」

「へぇ、優しくした覚えあるの？」

「いや、ないよ。普通に他の女子と話してただけ」

「そうなんだ」

さすがに、メンヘラこじらせてたんじゃないとか、そういうことは言えなかった。

圭くんはココアシガレットをポキポキと音を立てながら、食べたあと、大きなため息を吐《つ》いた。私もココアシガレットを噛みながら、そんな圭くんの寂しそうな表情が急に可哀想に思えた。

今、圭くんが浮かべてる表情が、自己否定された傷に、なんとなく見えたからだ。

「ただ、話しただけなんでしょ。それで嫉妬するんだ」

「そう、涼香の言う通りだよ。別に浮気する気なんてないのに」

「独占欲と私生活は別物だよね」

「独占欲か。言われてみれば、そうだね」

圭くんがなにに対して、納得したのかよくわからなかった。私がそんなことを考えている間に、圭くんはココアシガレットの箱をスクバのなかにしまった。

「それで喧嘩《けんか》になって別れたら、チクられて停学」

「え、なにを？」

「無許可で友達のお兄さんの居酒屋手伝ってた」

「え、それがダメなの？」

「アルコールの提供がダメなんだって」

「意味わからないね」

「だろ？　マジで、いろいろこえーわ」

急にザーという音が辺りを包み、私と圭くんは屋根付きのベンチの中に完全に取り残されてしまった。

屋根を打つ雨で、無数の鈍い音が頭上で響き始めた。

鼻から思いっきり息を吸い込むと、重たい雨の匂いと、草木の匂いがした。

「やっぱり降ったか」

「雨予報じゃなかったのにね。気の利いた女の子じゃないから、私、折りたたみ傘も持ってないよ」

「そんなこと、求めないよ。ジョッキ三つ持ちに理解あるなら」

「変なの」

私は素直に思ったことを口に出した。

すると、それのなにが面白かったのかわからないけど、圭くんは私のそんな言葉に笑ってくれた。

「ねぇ」

「なに？　涼香」

「このまま閉じ込められたらどうしよう」

そう言い終わるのと合わせて、膝にのせたままだった私の右手の甲に、圭くんは左手をのせてきた。

そして、私の指と指の間に五本の指を絡めて、私と圭くんは繋がった。

なにかをインストールされるような、そんな気持ちにふわふわしていた気持ちが固まり始めていることに私はふと気がついた。

「涼香となら、閉じ込められてもいいよ」

そのあとすぐに、私は圭くんに抱きしめられた。

肩に腕を回されたと思ったら、私はすでに圭くんの左肩にくっついていた。

圭くんが呼吸するたびに、肩が微かに上下するのを感じる。

座ったまま、抱き合う私たちは、きっと、遠くから見ても目立つような気がする。

だけど、こんなに激しい雨だから、そんな私たちを気にする人すら、この公園にはほとんどいないように思った。

雨が私と圭くん、ふたりきりだけの世界にしてくれているように感じる。

「もう、離したくない」

圭くんがぼそっと私の左の耳元でそう言ったから、私は圭くんとなら、このまま雨に濡れてもいいやと思った。

思わず、圭くんを見ると、圭くんはこの二日間で一番美しく、そして優しく微笑んでいた。

【エモ恋　短編】

断片的な瞬間を愛、いっぱいに

断片的な瞬間を愛、いっぱいに

見えずとも誰《たれ》恋ひざらめ
山の末《ま》にいさよふ月を外《よそ》に見てしか
（巻3　393　笠朝臣麻呂）

今、月が隠れて見えなくても、
僕は見えるまで、それを待ちたいんだ。
会えなくても、
きっと、君への想いは、ずっと消えない。
僕が君に伝えたいのは、ひとつだけだよ。
君の夢を遠くから応援するね。

〈解説〉「いさよふ月」は秋の月（太陰暦８月16日の月）という意味。山の合間から見えた月に「君の姿は見られないけど、遠くからでも君を想っている」という気持ちを例えている歌です。

19歳になった夏

久しぶりに会う君はいつもの君だった。

バスタ新宿《しんじゅく》で夜行バスを降りて、待ち合わせ場所のSuicaのペンギン広場に着いた。と言っても、待ち合わせは9時にしているから、まだ楓《かえで》が来るはずがない。

そう思っていたのに、ウッドデッキ調のゆるい階段のベンチに楓は座っていた。


「まだ、7時なのに」

独り言をぼそっと言ってみたけど、電車の音や、車の音とか、いろんな音が混じった都会の音にそれは簡単にかき消された。

僕は少しだけドキドキし始めているのを感じた。

それを感じながら、ゆっくりと楓のほうへ歩き、そして、楓の隣に座った。

「はやすぎだよ、楓」

「いいじゃん。4か月ぶりなんだから。びっくりした？」

グレーがかったボブに、ミルクティーベージュのインナーカラーが入っていて、数か月前よりも明るい印象になっていた。

「いいね。めっちゃタイプ」

「ありがとう。いいでしょ」

主語を抜いても、だいたい僕が言いたいことをわかってくれるのは、素直に嬉しい。

この呼吸が合う感じが、通話だと、海中に潜った君に向かって話しているような、そんな、わずかなラグが、もどかしかった。

「今から舞浜《まいはま》行っても、開いてなさそうだよね」

「いいの。長い時間ずっと一緒にいたいと思ってたから。ダメだった？」

「いや、マジで最高。とりあえず、コーヒー飲みたい」

そう僕が言っている途中で、楓は立ち上がり、右側を指さした。そして、そのほうへ歩きだしたから、僕は慌てて、立ち上がり、楓を追いかけた。

高校3年の冬の始まり

11月最後の夜は、冷たくて、それが寂しさを増しているように思えた。

「ねえ、素直に離れたくないんだけど」

楓はそう言ったあと、僕に微笑んだ。

生駒山《いこまさん》からの景色はTikTokで観た通りで、オレンジ色に染まった大阪《おおさか》の景色が広がっていた。たくさんの銀色の高層ビルがオレンジ色を反射して、街自体が眩しく感じる。ビル群の先には湾口が広がっていて、藍色の海が白く光っていた。

生駒山から、ビル群に向かう高速道路の青白い光は、海へ向かって大阪の街をなぞっているみたいに見えた。

「そうだね」

僕は返すと、楓はまた前を向き、両腕を手前にある手すりに乗せた。

そして、手すりに寄りかかり、夜が始まりそうな、大阪の街を眺め始めた。

「すごいよ。推薦であっさり決めちゃうんだから」

「碧《あお》って優しいね」

「え、どうして？」

「だって、私の勝手じゃん」

「夢とか、そういうのに勝手なんてないよ。認められた才能なんだから」

「ありがとう」

楓はそう答えてくれたけど、まだ前を向いたままだった。


「ねえ」

「なに？」

「思い出ってさ、断片的だよね」

「断片的？」

「うん。チェキで即席に作られた写真を無限大のコルクボードに貼り付けていく感覚のような気がするんだ」

「ワンシーンを写して、それをコルクボードにコレクションしてるってこと？」

「うん、そんな感じ。私たちのコルクボード、この4年でどれだけ埋まったんだろう」

11月30日。

学校の開校記念日で休みだった今日、僕はどうしても楓と思い出が作りたくなった。

だから、わざわざ、電車とケーブルカーを乗り継いで、生駒山遊園地に来た。

――コルクボード。

なんとなく、今日の思い出をたどりたくなって、僕はMA-1のポケットからiPhoneを取り出し、フォトを開いた。

さっき乗ったばかりのメリーゴーランドの画像をタップした。

画像のなかで、楓は白馬に横乗りして、笑っていた。瞬間的に撮った、その画像は、光が揺れ、楓の切り揃《そろ》えたばかりの黒髪ボブの毛先が揺れていた。画像で見てもカーキのアウターに白いセーター、そして、黒のロングスカートが最高に似合っていた。

その画像を表示したまま、僕はiPhoneを持ったままの右手を、わざと、楓の顔の前に持っていき、その画像を楓に見せた。

「ちょっと、近いんだけど」

楓は手すりにより掛かるのをやめたあと、僕の手からiPhoneを取った。

「この瞬間、最高じゃない?」

「かわいいかも、私」

「言わせる気、満々じゃん」

「遠距離になる前に何回も言ってもらわないと損じゃん」

「なんだよそれ。まだ、決まったわけじゃないのに」

僕はそう言ったあと、ふふっと思わず、笑ってしまった。

だけど、笑っている間に、少しだけ虚《むな》しくなった。

仮に遠距離恋愛になったとして、東京《とうきょう》と関西の遠距離が楓と成立するかなって。
ただ、僕が今、虚しく思ったところで、どうしようもないことだから、僕は楓に、
かわいいって言うことにした。

高校3年の秋の終わり

二週間前、東向《ひがしむき》商店街のモスで楓の合格発表を一緒に見た。

僕は楓が東京の美大に簡単に合格すると思っていた。

その予感、というより、それは予想通りで、楓は合格していた。

どう考えても、楓のアーティスティックなデザインは普通の人が真似できることじゃないし、楓はその才能をより磨《みが》いて、将来、第一線にいく人だと思っている。

だから、推薦で美大に合格したことはすごく嬉しかった。

だけど、楓は「よしっ」と小さな声で言ったあと、黙りこみ、うつむいてしまった。

最初は喜んでいるのかと思って、僕は楓のことを待っていたけど、そのうちに楓の頬が濡れていることに気がついた。

「嬉しいの?」

そう聞いてみたけど、カウンター席で右隣に座っている楓はうつむいたままだった。

だから、僕は普通にそういう反応になるよなって、素直に思いながら、とりあえず、コーヒーを一口飲み、そして、マグカップをカウンターに置いた。

「楓は才能あるから、認められたんだよ」

「ちがうの」

「ちがう？」

「——ただ、碧と離れるんだって思ったら、急につらくなった」

とりあえず、わけもなく、小さく笑ってみた。

だけど、その行為で一時的に間を繋いだと思ったのは僕だけかもしれなかった。

店内のBGMはちょうど、OASISのDon't Look Back in Angerが流れていて、なんでこんなときに知ってるバラードが流れるんだろうって、思いながら、僕は戸惑った。

「俺だって、上京しようと思ってるから大丈夫だよ。俺も大学受かれば、一緒だよ」

「——そうだよね」

「そのために、今、それなりに勉強だってしてるよ」

「うん、それもわかってる。だけど——」

「だけど？」

「ただ、大人になりたくないなって思っただけ」

楓から、それ以上の言葉を聞くのを僕はやめた。

僕はそのとき、どこかの東京の大学に受かるつもりだった。

だけど、それは瞬間的な夢に過ぎず、結果として、僕は楓の気持ちを裏切った。

高校3年の冬の始まり

それを思い出しながら、僕はただ、前を向いたまま、夜景になりつつある大阪を眺めていた。なんとなく、右隣にいる楓の左手を握ると、楓は恋人繋ぎをして、簡単に僕の右手と君の左手が密閉した。

「ねえ」

小さな声で楓がそう言ったから、僕は楓を見た。そのあとすぐに、強くて冷たい風がぶわっと吹き、また楓のボブが乱れた。


「なに?」

「もし、あのとき、好きって言ってなかったら、たぶん後悔してたと思う」

「あのときって?」

「中学のとき」

「そうだね。俺もそう思うよ」

僕は楓にそう言われて、断片的に楓のことをふと思い出した。

この4年はあっという間にも感じ、それはまだ、近い過去にすぎないように思えた。

ただ、ひとつ言えることは、楓と過ごした中学からの、この4年、そして、一緒に高校生活を過ごせたことが、ただ、嬉しかった。

「私たち、思い出、たくさん作れたかな」

「いいペースで作れてると思うよ。まだ足りないけど」

「そうだね」

楓は小さな声でそう返してくれた。

偶然が重なって、楓と思い出をたくさん作れてよかったなって、ふと思った。


楓とは、中学2年の秋に、隣同士の席になったのがすべての始まりだった。

楓が授業中に描いていた、ナマズと英語の教師のキャラクターが目に入り、そのことを、思わず聞いたことが、楓と会話するきっかけだった。

それまでは楓との接点なんてなかったし、意識なんてしたことはなかった。

グループ発表で楓がいる、グループの模造紙はだいたいクオリティが高すぎて、みんなが引くほど、絵がうまいことを知っているくらいだった。


発表が終わった模造紙を楓はいつも、持ち帰っていた。

僕がそのことを知ったのも、楓が隣の席だったからで、発表が終わった日、なんでいつも持って帰るのって、聞いたら、

「最高の出来だから」と言って、得意げにピースサインをされた。

楓はいつも、ポスカで、POPアートチックに文字を描いていた。


どうせ、みんなやる気なんてない発表をする、一時的な模造紙にすぎないのに、楓

はいつも本気だった。

楓の模造紙作りは、授業中だけじゃ気が済まないみたいで、いつも放課後もひとりで残って、ただ、模造紙に文字とＰＯＰなイラストを描いていた。

中学2年の冬の始まり

12月が始まったばかりで、外はすっかり暗くなっていた。

廊下の左右の教室は、闇に包まれていて、廊下の白い蛍光灯以外、心細く感じた。

今日は誰も都合がつかず、ひとり残ってやっていた生徒会の仕事を終わらせ、帰ろうと自分の教室の前を通りがかった。


そのとき、廊下と教室に面しているガラス越しに教室の中で、楓がひとりきりで、絵を描いているのが見えた。僕は思わず教室の前に立ち止まった。

六台くらい机をくっつけて、そのうえに模造紙を広げていた。

楓は黒板を背にして、机と模造紙の上に座り、なにかを描いていた。

模造紙と机の上には数本のポスカが転がっていて、すでに模造紙の白さは少なくなっていた。僕がガラス越しにそんな楓の姿を見ているのをたぶん、まだ楓は察知していないんだと思った。

なんとなく、それがフェアじゃないと思い、僕は教室の後ろのドアをノックした。すると、楓はようやっと、描くのをやめて、不思議そうな表情をしながら、僕を見た。

ただ、ドアを開けて、教室に入っても、お互いになにも会話を交わさなかった。

僕はなんて言えばいいのか、思いつかなかったけど、とりあえず、ありきたりなことを言って、褒めるより、絵の感想を素直に言ったほうがいい気がした。

だから、青と水色と黄の三色で描かれたクジラと胴体に黄色の線で描かれている幾《き》何学《かがく》模様、そして、白抜きして描かれている『Group 5 New Future』の文字をしっかりと見たあと、ある日、楓のノートに描かれていたナマズのことを思い出し、言うことを決めた。

「ナマズじゃないんだ」

「別に私、ナマズが好きなわけじゃないし。しかも川じゃん。ナマズ」

授業中、隣の席で楓がシャーペンで描いている、モノクロのナマズとは、迫力、そしてクオリティが全然違った。


別にナマズから会話を始めたって、仕方ないのは自分でもわかりきっているから、僕は意図的に脈絡《みゃくらく》もなく、話題を変えることにした。


「夢に出てきそう。いい意味で」

「――なにそれ。〝いい意味〟の意味がわからないんだけど」

「素直にすごいって言いたかったけど、聞き慣れてるだろうなって思っただけだよ」

「変なの。素直に言ってくれたらいいのに」

楓はすっと息を吐いたあと、僕とのやり取りなんて、なにもなかったかのように、水色のポスカでクジラの尾を塗り始めた。

「へぇ。そうやって影いれるんだ」

「興味あるの？　それともなに？　ひやかしなの」

「興味あっただけだよ。ちょっと見ててもいい？」

そう聞き返すと、楓は、また僕のことを無視して、クジラの尾を塗り始めた。

僕は近くの席に座り、スクバを机の上に置いた。

そして、楓が作業しているところを眺めることにした。


模造紙の上のほうは、ほとんどが青色になっていた。

そして、両端も青色が占《し》めていて、模造紙の中央に申し訳程度に、発表内容の『海洋プラスチック問題』の情報が楓じゃない誰かの字でまとめられていた。


ネットから拾っただけの、まるでやる気が見られない薄い内容は楓の世界観でもっと薄く見えた。

「海のゴミの話なのに、クジラがゴミを飲み込むとか、そういうのは描かないんだ」

「ゴミなんて描いたって、面白くないじゃん」

「なんで？」

「なんでって――」

その間、秒針が進む音だけが教室に鳴り響いていた。

「もっと、明るいところ、見ようよってこと」

少しだけ考えたような間のあと、楓はそう返してくれた。

そんな会話をしている間にクジラの尾の部分を塗り終えた。

そして、水色のキャップを閉じ、ポスカを机の上にそっと置いた。

そのあと、楓は顔を上げて、じっと見つめてきた。

先週とすっかり印象が違う、前髪だ。ふと、そのことに僕は気がついた。

きっと、この週末に切り揃えたばかりの整った前髪になぜか視線がいく。


「前髪切ったんだ」

「オン眉になっちゃった」

「いいじゃん。似合うよ」

いや、本当は今日の授業中から思ってた。

日曜が終わろうとしていた昨日の夜、TikTokでたまたま流れてきた動画で、ちょっとした変化も褒《ほ》めたほうがいいらしいことを知った。それで、月曜日の今日、楓の前髪が変わっていたから、言いたいなって思ってたけど、結局、言うタイミングを失ったままだった。だから、今、そのタイミングを取り戻したに過ぎなかった。


「――今年、三枚目の模造紙の出来も良くない？　このイラストの世界観、どう？」

「――好きだよ」

「えっ」

「誰も真似できないと思う」

「――ありがとう」

楓の顔が赤くなっているような気がした。

僕はさっきのやり取りを言ったあと、急にいろんなことに気がつき、心臓から、しっかりとした重低音が鳴り始めた。


楓が描いた、今年、三枚目の模造紙は誰かに捨てられた。

高校3年の冬の始まり

楓と恋人繋ぎをしながら、夜景を眺めていると、閉園15分前を知らせる放送が流れ始めた。

「思ったより、4年間、あっという間だったな」

「なんか、別れるみたいで嫌なんだけど」

「いや、そういう意味じゃないし」

「わかってるよ。──なんかさ、最低でも、4年、遠距離になるかもしれないんだね」

「決めつけるなよ。一緒に東京に行けるように勉強してるから」

「違うの」

「え、違うの？」

「私、性格的に確証がないと、不安なんだと思う。ただ、面倒な女になってるだけだよ。たぶん、碧の東京行きも決まるまで、私はずっと、遠距離になるかもって、不安なままなんだと思う」

「まだ先が長いな」

「それだけ、私にとって、不安なことなの。碧と中2の冬から今まで過ごして、付き合い始めたぶん、離れるんだって思ったら、なんか長いような気がするよね」

「──だけど、お互い、大学生になったら、ある程度、自由になるんじゃない？　まだ、俺の受験はこれからだけど」

「自由にはなると思うけど、もし、遠距離になったら、週にどれくらい、LINEで通話して、年にどれくらい会えば、今のままでいられるのかなって、ただ、漠然と不安に思ってるだけだよ」

楓は前を向いたままだった。

当たり前だけど、この4年で楓も大人っぽくなった。

付き合い始めたときは、まだお互いにあどけなさが残っていたのに、気がついたら、お互いに大人に近づいていた。


「仮に遠距離になっても大丈夫だよ。——忘れないよ、楓のこと」

僕はそう言ったあと、繋いだままの楓の手をより強く握った。


「ねえ」

「——なに?」

「絶対、受かってね」

「それなりに頑張るよ」

僕がそう返すと、楓はすっと、息を吐いた。

楓はそのまま、なにかを考えているように見えたけど、僕はそれ以上、なんて返せばいいのか、わからなくなった。

そうしているうちに、楓は僕を見て、にっこりと笑った。

「――閉園前に、もう一回、メリーゴーランドに乗ってもいい？」

「いいよ。乗りに行こう」

僕が言っている最中に、楓はすでに歩き始めていて、僕は楓に引っ張られるように、少し遠くで夜のなかに浮かんでいるような、電球色に輝くメリーゴランドのほうへ、僕も歩き始めた。

中学3年の秋の最中

黄色のワンピースが鮮やかに見えるくらい、秋らしく、空が高かった。

待ち合わせ場所から歩いて、いつも通う中学の前をふたりで通り過ぎ、地元の駅にたどり着いた。そして、奈良《なら》から近鉄《きんてつ》の秋色の電車を乗りつぎ、藤原宮跡《ふじわらきゅうせき》までたどり着いた。

僕と楓は淡いピンクと白が一面に広がる世界を自撮りして、それぞれの iPhone に収めた。そのあと、手を繋ぎながら、黄色い午後の日差しが照らす、コスモス畑を眺めていた。弱く冷たい風が吹いたから、右側にいる楓を見た。黄色いワンピースの裾《すそ》と、オーバーサイズの黒いアウターの袖が揺れていた。


「寒くない？」

「大丈夫。ありがとう」と言って、楓は微笑んでくれた。

それだけ10月にしては冷たい風だった。

その風にあわせて、数え切れないピンクと白も一緒に揺れていた。

それは一瞬の夢みたいで、今見ている、すべてのコスモスが枯《か》れたら、それらすべては、また土に還《かえ》るんだって、思った。

遠くに見える緑が深くなった山の木々も同じようにかすかに、風に流されているように見えた。


「大昔、同じ日に、東京オリンピックやった人たち、寒くなかったのかな」

「観点、変わってるね」

「気になったこと、口に出しちゃダメなの？」

一気に不服そうな表情になったから、楓のそんな表情が可愛くて、思わず笑ってしまった。

「もう、なにがおかしいの」

「悪い、からかっただけだよ。台風と暑さ避けるためにこの時期にしたらしいよ」

「最近やったのは、すごい暑い時期だったのにね」

「時代によって、価値観って変わるんじゃない？　しらんけど」

僕がそう返すと、楓は小さく笑ってくれた。

別にそんなことなんて、きっと、どうでもいいことなんだと思う。

さっきみたいに、近鉄の駅の高架下のミスドでフレンチクルーラーを食べながら、楓と他愛もないことを話しているだけで十分だなって、ふと思った。

「私たち高校受験なのに、こんなことしてて、いいのかな。きっと、世間の受験生って、三連休使って、すごく勉強してると思うんだけど」

「もう、そんなこと言っても遅いよ。明日からまた、取り返せばいい」

「楽観的だよね」

「悲観しないことを教えてくれたのは、楓だよ」

「え、いつ言ったの？」

「捨てられたクジラ描いてるときに言ってた」

「言ってないよ、そんなこと。あーあ、あのクジラ、傑作《けっさく》だったのになぁ」

「今でも、しっかり覚えてるよ」

ようやっと、ここまで立ち直れたんだと思うと、僕は少しだけ嬉しかった。

絵が捨てられたってわかった、1年前のあの冬の日、楓は僕の前で泣いてくれた。家族以外で、こんなに感傷的な人に寄り添うのなんて、初めてだったから、戸惑ったけど、結局、あの日、誰もいない生徒会室の中で話を聞いてよかったと思った。

模造紙を捨てた女子は「捨てちゃった」としか言わないで、謝らなかったらしい。いじめ以下のことだけど、些細《ささい》な傷つけられ方をした楓は、本当につらそうだった。

「ねえ」

「なに？」

「高校のデザイン科の作品提出、またクジラ描いてみようかな」

「いいね。できたら、画像送ってよ」

「わかった。練習してみるね。――碧って本当に励《はげ》ましてくれるよね」

急にそんなこと言われたから、一瞬、時が止まったのかと思った。

だけど、鳥の鳴き声や、風の音がしていたから、時なんて止まってなかった。

ただ、僕は楓の絵が好きだし、どうしてかわからないけど、一番、素《す》に近い自分でずっと、楓と話すことができるのが、ただ、嬉しかった。

そして、今、僕のことを認めてくれるかのように、僕が、ただ発した言葉が、楓にとって、励ましになっているのが嬉しかった。


「──いつも、自然体でいられるからだよ」

「自然体?」

「うん、楓といると、素直になれてる気がする」

「それ、私がAirdogみたいじゃん」

「え、空気清浄するってこと? 聞いたことない返しだな」

「それだけ、私も自然体になれてるってことだよ」

よくわからない楓の返しで会話が終わったけど、それだけで十分だった。

「──長い時間ずっと一緒にいたいね」

「そうだね」

「iPhoneのメモリなくなるくらい、思い出たくさん作ろうね」

きっと、長い時間、楓と一緒にいれるような気がした。

だから、僕は楓の手を離し、小指を楓の前に差し出した。

すると、楓は簡単に僕の小指を結んだ。


僕と楓は同じ高校に合格して、僕は普通科、楓はデザイン科に通うことになった。

夢は夢のまま続き、いつまでもあの日見た、青空と、ピンクと白が揺れる中で、薄い緑のフィルターで、ふたりの世界は幻想的なままだった。

僕たちは、同じ世界を共有し続けることで、瞬間的に終わるはずだった夢を見続けることができたのかもしれない。だから、あのとき、現状維持に囚《とら》われた僕は楓と一緒に大人になっていくことが少しだけ、怖くなった。

19歳になった夏の夜行便

東京での思い出をたくさん作ったあと、僕と楓は夜行バスに乗った。

バスが動き出し、バスタ新宿を出た。


一週間、楓と一緒にいたのは楽しかった。

楓のワンルームのシングルベッドで、ふたりで寝起きをして、東京で思い出をたくさん作れた気がする。

僕はiPhoneのフォトを開き、この一週間を右手の親指でたどった。

本当に一週間でたくさんの画像を撮った気がする。

見えない、ふたりだけのコルクボードも、だいぶ埋まったような気がした。


あのときから、まだあまり時間は経っていないけど、僕はすべてが甘かった。

今更すぎるけど、そう深く思った。

それなりにやっていれば、楓と上京できると思い込んでいた。


だけど、あのときの僕は弱かった。

この春、結局、東京の大学に受からず、地元の大学に入ったけど、虚しい気持ちは、埋まらなかった。

この夏、東京に出て、楓のところへ行ったのは、そのことを伝えたかったからだ。

それを楓に謝った夜、そんな情けない僕に、楓は泣いてくれた。

バスが揺れて、思った以上に親指が下振れして、去年の秋頃の画像まで進んでいた。生駒山遊園地で大阪の夜景を自撮りした画像が目に入ったから、それをタップした。そして、無言で楓に見せた。

窓側に座っている楓を見ると、楓は微笑んでくれた。


「1年経ってないのに、懐かしいね」

「まだ、不安そうな表情してるよな」

「お互いにね」

楓はそう言いながら、ふふっと、小さく笑った。だから、僕も小さく笑い返した。

「ねえ、14歳だった私に5年後、こんな未来があるよって言ったら、きっとびっくりすると思うんだ」

「どういうこと？」

「シンプルに楽しかったってこと」

そう言われた瞬間、14歳のときに見た、楓がしっかり描き、そして、簡単に捨てられた青いクジラのことを思い出した。

そうだ、教室で君のクジラを見た、あのときから、断片的な瞬間をふたりで積み重ねてきたんだった――。

僕は、これからも、それらを大切にしたい。

「――ありがとう。また思い出、たくさん作れたね」

楓にそう言われて、僕は思わず、ふっと、弱く笑ってしまった。

「ちょっと、笑わないでよ。なにが面白いの？」

「もっと、明るいところ、見ようよって言ったんだよ」

「えっ、いつの話？」

「内緒」

そう返すと、楓は「変なの」と言って、iPhone で TikTok を見始めた。

【エモ恋　短編】

溶けない雪の日の恋を解凍したい

溶けない雪の日の恋を解凍したい

降る雪の空に消ぬべく
恋ふれども逢ふよしをなみ月そ経にける

（巻10　2333　柿本人麻呂）

降る雪は、いつかは消えてしまうけど、
iPhoneで昔、残したLINEのメッセージは、
今でも君との恋が確かにあったことを記録したままだね。
だからね、たまに君のことを思い出してしまうよ。
消えずに凍《こお》ったままの、
あのときのやり取りを、
また始めたくなっちゃうんだ。

〈解説〉柿本人麻呂の歌は九十四首、万葉集に入っていて二番目の多さです。多くの歌人の憧れでしたが、資料が少なく、謎多き歌人です。逢ふよしをなみは「会うすべがない」という意味。超訳では、このワードに注目しました。

「別に不安なんか、吹き飛ばせばいいんだよ」

小田切《おだぎり》くんはそう言って、微笑んでくれた。

そのあとすぐ、冷たい風が吹き、雪予報のいつものホームはすごく冷たくなった。

いつも乗る電車に乗らずにベンチに座っていると、小田切くんが私の隣に座った。

ふたりは制服姿なのに、ふたりとも、学校に行く気なんてないんだと思う。

だから、小田切くんは、こんな私に声をかけたのかもしれない。

だけど、そんなポジティブな言い方で声をかけてほしくなかった。

上り階段のほうに視線をずらすと、行き先を示す電光掲示板の時計だけが、ただ、いたずらに進んでいた。

「そんなこと、できる人って羨《うらや》ましいな。できたら、悩まないよ」

皮肉のつもりでそう返し、小田切くんを睨《にら》むと、小田切くんは、なにに対して面白かったのか、わからないけど、ふふっと笑った。

「怒るなよ、萌夏《もか》ちゃん。ココア、コーヒー、カフェオレ、どれがいい?」

「ココア」

そう返すと、小田切くんはバッグからiPhoneを取り出し、立ち上がった。

そして、数歩先にある自販機まで行った。

ピッと電子音が2回鳴り、自販機が雑になにかを落とす音も2回した。

飲み物と私の名前を並べてほしくないって思ったけど、きっと小田切くんはそんなことなんて、気にしていないんだと思った。

そんなことを考えているうちに、小田切くんは、なにかを2つ買って、またベンチに戻ってきた。


「はい、怒らせたお詫び」

「優しいね、ありがとう」

そう返しながら、小田切くんから、缶のココアを受け取った。

もともと絶不調の私は、ここ最近、イライラしているから、小田切くんが私にかけた言葉なんて別にどうでもよかった。

ただ、『不安なんか吹き飛ばせばいいんだよ』という言葉が、私の内心に気づいているみたいなのと、自分でもそんなことくらい、わかってるんだよという思いで、イラッとしただけだった。

「よく、インフルエンサーの人の話で、学校にあまりいかなかったって話あるじゃん。そういうの好きなんだよね。いつかやりたいなって、そういう人たちの話聞いてて、思うんだ」

脈絡もなく、そんな話をされて、よりイラッとした。

「なに？　私がヘタって学校行かないのを見てるのが、そんなに楽しいの？」

「いや、違うよ。俺も自由に生きたいなって思っただけ」

「じゃあ、今からやればいいじゃん。TikTokとかインスタとか」

「やりたいけどさ、iPhone古いし、きついでしょ。iPhone ProとかMacBookとか、最低でもiPadとか持ってないとダメだろ。それに学校に身バレするの嫌だから、今じゃない」

「そうやって、言い訳して、なにもやらなそう」

缶は熱くて、冷たくなった手が、じんじんする感覚がした。

「かもね」

小田切くんは、ブラックコーヒーのプルリングを引っ張り、缶を開けた。気持ちいい音がしたあと、できた穴から、かすかに湯気が立ち始めた。

だから、私も同じように缶を開けたあと、そっと缶を唇につけて、飲んだ。

「頑張ってるほうだと思うよ。こんなことになってるのに」

「なに？　彼氏面《づら》したいの？」

缶を唇から離し、そして、小田切くんを睨んだ。

小田切くんは黒のマフラーにグレーのコートを着ていた。

重めの黒髪マッシュは今日もきれいに決まっていたし、二重まぶたで、こぶりな鼻、しゅっとしたフェイスライン、すべてが完璧なバランスだった。

二重まぶたを細めるだけで、アンニュイな世界になるし、小田切くんの寂しそうな表情は、冬の中でも十分輝いていた。

だから、小田切くんはモテるし、クラスで居場所をなくした2軍の私になんかに話しかけなくても、十分、満たされた生活をしているんだと思う。

「違うよ。口説《くど》いてるだけだよ」

「――朝から元気だね」

「萌夏ちゃんが元気なさすぎなんだよ」

ほっておいてよって言って、立ち去ろうと思った。

そう思って、もう一度、電光掲示板の時計を見ると、もう、お互いに学校には間に合わない時間になり始めていた。

なんか、小田切くんを遅刻させておいて、しかも、ココアおごってもらって、勝手に立ち去るなんて、ひどいかもと思い、私はもう一度、ココアを一口飲んだ。

「小田切くん、学校、遅刻するよ」

「いいよ。そんな暗い顔して、座ってる萌夏ちゃんのこと、ほっておけるわけないじゃん」

そう得意げに言って、小田切くんはブラックコーヒーをもう一口飲んだ。

小田切くんには、前にも二度、ちょっかいを出されたことがあった。

一度目は、放課後、忘れ物をして教室に戻ると、小田切くんが座っていた。

そのときも話しかけられたけど、数往復の当たり障りない会話をして、終わった。

二度目は、バイト先のコンビニでレジをしていたら、21時50分に客として現れた。22時にバイト先のコンビニをあがって、店を出たら、小田切くんが店の前で待っていた。

どうして、シフト終わりわかったの？　って聞いたら、『未成年は22時以降、働けないだろ。そんなのバレバレだよ』と言って、笑って返してきた。


小田切くんは変に頭が切れていて、変なところに気がつく。

そして私は、小田切くんと帰っているとき、気がついた。


小田切くんは私のことを勝手に馴れ馴れしく『萌夏ちゃん』と名前呼びしていた。

小田切くんは、頭が切れて、会話のとっさの返しもうまいから、クラスの1軍にも人気があるし、クラスの中心人物に違いないんだけど、なぜか、陰キャばかりが揃っている図書委員に入っていて、週に一度、図書室で当番をしているらしい。

そのギャップで、小田切くんは、クラスでは不思議なところあるよねって、よく言われている。


「変わってるよね。小田切くんって」

「そうかな。周りが言うほど、変わってないと思うよ。むしろ、俺からしたら、みんなのほうが変わってるよ」

「えっ。どういうこと？」

「だってさ、ギャーギャー騒いで、噂話して、なにかネタになることがあると、それでまたギャーギャー騒いでさ。俺には真似できないな」

小田切くんだって、ギャーギャー騒いでいる方じゃん——。

そう思いながら、ココアをもう一口、飲んだ。口いっぱいに甘さが広がるのを感じながら、小田切くんって本当によくわからないなって思った。

「だから、バイト禁止って学校もよくわからないけどな。それで、周りもギャーギャー言ってても仕方ないじゃん。なのに、騒いで萌夏ちゃんのことをバカにする。俺には、よくわからないな」

「——だよね」

先々週、意地悪な1軍女子4人に囲まれて、『バイト禁止なのに、やってるんだ』と問い詰められた。

そこから、陰口を言われるようになり、私はクラスで一気に孤立した。

そうなった原因はわかっている。

小田切くんと、あの夜、コンビニからの帰り、駅前で1軍女子のひとりとばったり会ってしまったからだった。それは完全に勘違いだし、しかも1軍女子のリーダーが小田切くんに想いを寄せていることも知っていた。

だけど、これは私の意思で小田切くんとふたりきりになったわけじゃないのに、クラスで1.5軍の中途半端なポジションの私は、簡単に1軍からの圧力が、かかるようになってしまった。


「バイトなんて、黙ってやってるやつなんて、何人もいるのにさ、萌夏ちゃんだけ、言われるって完全に当てつけじゃん」

「当てつけでクビになるし、ホント、最悪だよ」

「だけど、なんでクビになったの？」

「学校からバイト先に電話いって、それでオーナーが学校に許可とれないなら、うちは責任とれないから無理だわって言われた」

「へえ。ひどい話だな、なんの責任なんだろう」

「ねえ、さっきから他人事みたいなんだけど」

右隣にいる小田切くんを睨むと、「悪い」と小さな声でそう返してきた。


そして、また小田切くんがブラックコーヒーを飲んでいる途中で、私たちが乗るはずだった電車の3本あとの電車がホームに入ってきた。

窓の内側に広がる車内には、多くの人たちが立ち、つり革を掴んでいた。

電車が止まると、みんな同じ方向に軽く揺れた。

そして、ドアが開いた。


「ただ、萌夏ちゃんは悪くないよ。他のやつらより、冷静だし、大人っぽいよ」

「──ただ、小遣い稼ぎしたかっただけだよ」

「いいじゃん、真っ当な方法選んでるんだし」

そう言われて、少しだけ見栄を張って、嘘ついたことがすぐに嫌になった。

──小田切くんになら、本当のことを言ってもいいかな。

「ごめん、嘘」

「嘘?」

「本当は県外の大学行くために、ひとり暮らし用の資金貯めてる」

「あー、だと思った」

「えっ?」

「だって、派手なタイプじゃないし、こないだ会ったときも質素な服だったたし、なにお金使ってるんだろうって、思ってたから、安心した」

また、独特の頭の切れのよさを私に見せつけるかのように小田切くんはそう言った。

その間に、聞き慣れたメロディが流れたあと、ドアが閉まった。

そして、電車がゆっくり動き出した。

銀色の電車が、すっと加速していき、轟音《ごうおん》を立て、あっという間に私たちの目の前を通り過ぎた。

「あーあ、マジやってらんないよな。頑張っても水を差してくるヤツもいるし、無理しても報われないってさ、どうかしてるわ」

「──そうだね」

「孤独で寂しくなったら声、かけてよ」

「えっ?」

「それに、俺もこんな状況になってる萌夏ちゃん、見るのは嫌だな」

「──そうなんだ」

私はどう、リアクションを取ればいいのかわからなくなった。

だから、とりあえず、同調しておくことにした。

その間に急に心拍数が上がり始めた。

そして、なぜか鬱陶《うっとう》しかったはずの小田切くんのことを意識している自分がいることに気がついた。

それを悟《さと》られないようにしようと思い、ココアをまた一口飲み始めている途中で、また冷たくて強い風が吹いた。

そのあと、急に灰色の空から、綿《わた》のような雪が無数に舞ってきた。

「これ、電車止まるんじゃね?」

「まだ、降り始めたばかりじゃん」

「どうせ、今日、学校行っても、帰宅難民になるかもな」

「学校行かない理由、つくってるだけでしょ」

「それもある」と言って、小田切くんは弱く微笑んだ。

また強くて冷たい風が吹き、小田切くんの黒いマフラーのフリンジが揺れた。

私は寒くて、思わず身震いをすると、小田切くんはそんな私のことを「寒がってるじゃん」と言って、笑った。

「なあ」

「なに?」

「好きになっちゃった」

「えっ」

「身震いして、肩上げてるの、かわいい」

私は、どうすればいいのかわからず、とりあえず前を向いたまま、無数の白い粒を眺めることにした。

❄

小田切くんと付き合ったけど、1年くらいで別れてしまった。

それなりに小田切くんとの思い出はできた気がする。

だけど、高校を卒業して、別々の街に住み始めて、すれ違った連絡はそのままになり、小田切くんとの恋は消えた。


今、仕事が終わり、大勢の人たちと一緒にiPhoneを片手に、人差し指で情報をダラダラと流し読みしながら、電車を待っている。

吸い込む息は冷たく凛《りん》としていて、ヘトヘトの身体が余計重く感じた。

『今夜から最強寒波襲来《かんぱしゅうらい》　積雪《せきせつ》に注意』

大学に入ってからは、私は2人目と、付き合った恋が消えて、3人目の彼と付き合った。

だけど、2人目も、3人目とも、結局、長くは続かなかった。

その理由はわかっている。

ちょっとしたことで高校生だった彼のことを思い出して、彼と付き合っていた人たちを比べちゃってたからだと思う。彼だったら、きっと、言葉足らずの私でもわかってくれたんだろうなって、気がつくと、考えていた。

私の中では、高校生だったあの日から、止まっているんだと思う。

溶けない雪の日のあの恋は、未だに私の胸の中に残り、解凍されていない。

あれから5年近く経ち、私はすでに大学も卒業し、灰色の都会で、群衆の中、ひとりの社会人になった。そこそこのお金をもらって、そこそこの暮らしで、たまにささやかに楽しみ、生活を維持できたらいいやって思っている。

いつの間にか、オートマチックに私は大人になってしまったけど、上手くいく恋には、まだ巡り会えず、忙しさに負けて、過去の恋が時折、頭の中でぐるぐる回る。

なんで、あのとき、小田切くんとマメに連絡しなくなったんだろうって未だに思うときもある。遠距離になる前にもっと、いろんなところに小田切くんと行けば、もしかしたら、遠距離の理不尽も乗り越えて、今頃、一緒に笑い合っていたかもしれない。

未だに夢や目標とか、自分がやりたいこととか、よくわかっていない。

とにかく、生活をしなければならないから、ビル街のオフィスで事務を黙々とこなしているだけだ。

こんな一人きりの生活だけど、ＱＯＬを意地でも、維持するためにどんなにヘトヘトになっても、自炊はするようにしている。

帰ったら、トマトとレタスのサラダを準備して、昨日パン屋で買ったベーコンエピを食べよう。

そして、ぐっすり眠って、明日の休みで疲れを癒そう――。

そんなことを考えているうちに、比較的速いスピードで電車が冷たい風を作った。

❄

あのとき、すれ違わなかったらって思うときがある。

改札を抜けて、小さな駅から、アパートまでのいつもの路地を歩き始めた。

心細い白色LEDで路地は照らされていて、ひっそりとしていた。

私はパンプスをコツコツさせながら、黙々と闇《やみ》を進んだ。


そして、冷たい向かい風がぶわっと吹き、私の髪は一気に乱れた。

そのあと、あのときと同じように無数の雪が降り始めた。

白いLEDに照らされた雪はちらちらとしていて、それがよりひとりであることを実感させられているくらい、寂しくなった。


あの日、『別に不安なんか、吹き飛ばせばいいんだよ』って、小田切くんに言われたことをたまに思い出してしまう。この歳になっても、私にはたくさんの不安があり、吹き飛ばすことなんてちっともできていなかった。

小田切くんは、あのとき言ったように自由に生きられてるのかな。

そのために、なんらかのインフルエンサーとかになったのかな。

私の小さな嘘も、なにも考えずに言った本音も、しっかり受け止めてくれる人は、まだ小田切くんしか知らない。

5年経っても、小田切くんって本当に優しくて、私のことを考えてくれてたんだって、今でも強く思う。

iPhoneをバッグから取り出し、LINEを起動した。

そして、数年前で時が止まったままのタイムラインを表示した。

《いままで、ありがとう　ごめん》

最後は君からのメッセージで終わっていた。

——都合がいいのはわかってる。

だけど、ただ、もう一度、私は君に話しかけてみたくなった。

《久しぶり　雪、降ってるの見て、急に思い出したんだ》

あの日、雪が降るホームで『孤独で寂しくなったら声、かけてよ』って言ったよね。

すぐメッセージの横に既読がつき、またあの日のように私はドキドキし始めた。

【エモ恋　短編】

恋ふる揺れる、京都

恋ふる揺れる、京都

恋は今はあらじとわれは思ひしを
いづくの恋ぞつかみかかれる

（巻4　695　広河女王）

ひどい振られかたをした、
こんな私に、もう恋なんてしばらくないと思ってた。
それなのに、今、私の恋がまた始まってしまったよ。
ねえ、どうして、君はそんなに優しくしてくれるの？
胸の奥を掴まれた感覚がして、
忘れかけていた恋心が揺れちゃうじゃん。

〈解説〉「恋は今はあらじと」はもう、恋はないと思ってたという意味。この歌は恋の適齢を越したのにという意味も込められているようです。どの時代も、恋に年齢は関係ないですね。

この夏、私は三年ぶりにラークを吸い始めた。

その理由は、この夏に私が積み上げてきたものが、すべて崩《くず》れてしまったからだった。

あなたの理想に近づけた自分や、むいていないことを騙《だま》しながら、続けた仕事を辞めた。そして、大学入学から数えて、六年過ごした東京《とうきょう》の暮らしを辞めることにした。


京都《きょうと》駅0番線の喫煙所はひとりきりで、私はようやっと、3ミリのラークを吸えて、単純に幸せだった。


失業保険をもらうためだけに行ったハロワで、適当に面談を終わらせた。

今日の面談でおばちゃんに「若いんだから、頑張って」と終わり際《ぎわ》に言われたナチュラルなエイジハラスメントを思い出した。

別に悪気がないことくらいわかっている。

だけど、今の私は頑張る気力なんて残ってないし、もう、頑張りたくなんてない。

今日は、久々に外の人に会うからか、無自覚に緊張していたみたいで、5時半に目覚めてしまった。

早めに準備を終わらせて、6時54分の電車に乗り、7時過ぎに京都駅に着いた。

朝から沈《しず》んだ気持ちを持ち直すためにスタバでコーヒーときのこクリームのチキンとモッツァレラを挟んだフィローネを食べた。

そして、ハロワが開庁してすぐの8時半に行き、一時間もかからずに終わった。

なにも変わらない月曜日だ。

そんなことを考えていたら、簡単にラークを吸い終わりそうになっていた。

向かいの引き戸が開き、若めな男が入ってきた。

別にそれにあわせたわけじゃないけど、私はラークを灰皿にもみ消しながら、弱く息を吐《は》き、ため息にならないように白をそっと出した。

男は、私と同年代くらいで、長めの茶髪、そして重めで少しウェーブがかかっているのが印象的だった。ドンキとかで手に入りそうな、銀色の小さいキャリーバッグを転がしながら、私と対角線になるように左奥側の方で立ち止まった。

私はもう一度、すっと息を吐いたあと、引き戸の方へ向かった。

「お姉さん――」

その低い声で、私は立ち止まった。朝からナンパかよ――。

彼のほうを見ると、彼は、セブンスターのボックスを握ったままで、視線を上げると、彼と目が合った。

「火、貸してくれませんか？　東京駅に置いてきちゃったっぽいんだよね。急いでる？」

どうやったら、ライターを忘れること、できるんだろう――。

そんなことを考えている間に、彼は左手に握っていたボックスを、ネイビーのワイドパンツのポケットに入れた。

私はその彼の問いかけには答えず、バッグからライターを取り出し、彼の方に投げた。すると、彼は右手でそれを受け止め「ありがとう」と言った。

そして、セブンスターを咥《くわ》え、火をつけた。

「ナイスキャッチ」

「お姉さん、面白い人だね」と言いながら、彼はニヤニヤしながら、煙を吐いた。そして、右手に持っているライターを灰皿の端に置いたのが見えた。

「それだよ」

「それってなに？」

「ライター」そう返して、私は指をさした。

するとあぁ。と頼りない声を出しながら、ライターをもう一度、手に取り、そして、私の方に近づき、返してくれた。

私はライターを受け取り、またバッグの中に入れた。

もしかして、わざとすぐに返さなかった——？


「てか、ライターくらい、すっと返してよ」

「あー、クセだよ。ここに置くのは。クセですっかり自分のものみたいにしちゃったけど、返すつもりだった」

「口はうまいんだね」

「それよりお姉さん、洞察力、すごいね」

「え、なんで？」

「だって、俺のライター置くクセ、すぐに見抜いたじゃん。探偵みたいに」

彼はまた口角を上げて、ニヤっとした。そう言われてみれば、洞察力のうちに入るのかもしれない。だけど、私のは違う。しっかりものの親に育てれられた名残の神経質さだと思う。

「神経質だって言われることのほうが多いよ」

「そうなんだ。俺、昔から落ち着きなくて忘れ物多いからさ、そういう人、羨ましいな」

「へえ。旅行っぽいのに、まだ行かなくて大丈夫?」

ちょっとだけ、皮肉をこめたつもりだった。

私もあなたもお互いに忙しいんでしょ。

本当は、今の私なんて、忙しくないけど、こんな、朝の9時半から、こんなところで、あなたの時間を削るのは、申し訳ないし、なにより、私と時間を過ごすくらいなら、この街には、たくさん楽しめるところがあるから、燃料補給が終わったら、さっさと、楽しんだらいいよ。って意味で。

「そう、ひとりで旅行に来たんだけど、ノープランでさ。おまけにiPhoneも20%切っているっていうね」

「新幹線で充電すればよかったのに」

「俺もそうしようと思ってたんだ。だけど、品川《しながわ》着く前にもう、寝てた」

「嘘でしょ」

私は思わず、ふっ、と弱く笑ってしまった。

5分で寝落ちって、特技じゃん、それ。

「いや、マジなんだ。だけど、ギリ iPhone 生きてるから、もう少し話相手になってくれない？　時間あったら」

なぜかわからないけど、気がつくと、私は頷《うなず》いていた。


「俺より、旅人っぽい」と言って、テーブルに置いてあるマグカップを手に取り、彼はコーヒーを一口飲んだ。

三条大橋《さんじょうおおはし》の前のスターバックスの店内は、平日の午前中の空気が真空パックされたみたいに、まだお客さんはまばらだった。

だから、私と彼は簡単に、鴨川《かもがわ》が一望できる窓側の席に座ることができた。

テーブルにはロゴが入ったマグカップが二つと、彼の iPhone。

その iPhone に繋がる私が持っていた Anker の白いモバイルバッテリー。

せっかく、京都に来たんだからと思って、私は彼を誘い、京都駅から、地下鉄を乗り継いでこのスタバに来た。


「仕事してたときの名残で、今も持ち歩いてるの」

「そうなんだ。マメだね」

別にマメなつもりなんてない。別れた彼氏に『隙《すき》がないよね』って最後に捨てるように言われて最低だったことを思い出した。


「あ、これは褒めてるから」

彼がそう言ったから、私はそんなネガティブな内面が顔に出ていたかもと思い、とりあえず、表情を誤魔化すためにコーヒーを一口飲み、そして、マグカップをそっとテーブルに置いた。

三条大橋のすぐそばにあるこのスタバから、大きく、穏やかに流れている鴨川を、充電しながら、眺めるだけでも、きっと京都に来たって感じがすると思ったから、わざわざこのお店まで来た。


だけど、このお店には電源がないことをすっかり忘れていた。

「マメで几帳面《きちょうめん》だったら、充電したい人を電源ないお店に連れて行かないでしょ」

「そうは思わないよ。最高じゃん。充電しながら、鴨川見れるなんて」

「――優しいんだね」

「優しいのは、お姉さんのほうだと思うよ」

「ありがとう。なんか、久しぶりに誰かにそんなこと言われた気がする」

本当に久しぶりな気がする。


とにかく、京都に引っ越す直前までの東京での生活は、すべてが殺伐《さつばつ》としていた。職場でも、同棲している家でも、誰も優しい言葉なんてかけてくれなくて、結局、そんな空気に耐えきれなくて、最後のほうは、毎日が灰色に見えるくらい、虚無感で胸が苦しく感じた。


「――もしかして、聞いたら悪いかもしれないけど、直近でつらいことでもあったの?」

彼は私のほうを向いて、じっと見つめてきた。

右隣に座っている彼に見つめられると、その瞳に吸い込まれてしまいそうになるくらい、彼の切れ長の目は、すごく求心力があるように感じた。

こっちに戻ってきてから、地元の友達とも会ったけど、結局、腫《は》れ物みたいに私を扱って、ポジティブに大丈夫だよ、またいい人みつかるよ。

とか、とにかく、楽しんで吹き飛ばそうねって言われて、確かにそのときは楽しい時間が過ごせたけど、久々に大量に酒を飲み、歌って、はしゃぎまくって、オールして、帰って朝、ベッドに潜《もぐ》り込んだら、楽しさは消え、虚しさと、自分に対する無価値感しか残っていなかった。

「二か月半前に同棲してた彼氏と別れただけだよ」

「なんとなく、そんな感じした」

小さくて低い声で彼はそう言ったあと、なぜかわからないけど、目を細めて、微笑んでくれた。

その表情が自分でもよくわからないけど、素直に優しく感じた。

まだ、彼の名前すら、私は知らないのに——。

どうして、こんなに彼は私に優しくできるんだろう。

って思うと、急に次になにを言えばいいのか忘れるほど、頭の中が真っ白になってしまった。

「あ、えーと。ごめんなさい。こんなこと言うつもりなんてなかったのに」

「いいよ。なんでかわからないけど、こういうの感づきやすいんだよね。昔から」

「そうなんだ。変わってるね」

「そう、変わってるんだと思う。大学のときとかさ、同じサークルで仲いいやつが元気ないなって思って、振られたのって聞いたら、振られてたりさ。バイト先のお姉ちゃんもなんか、元気ないなって思って、もしかして、振られたのって聞いたら、なんでわかるのって言われるくらい、人が振られたときに感づきやすいんだよね」

「なにそれ、麻薬探知犬みたい」

「いや、匂いじゃくて、声色とか、表情ちゃんと見て、総合的に判断してる」

彼はそう言ったあと、ふふっと笑い、また一口コーヒーを飲んだ。そして、iPhoneの画面をタップして待ち受けを表示させた。

「62%か。早いね、このモバイルバッテリー」

「いいでしょ。旅行するならひとつくらい買ったほうがいいよ」

「ただ、もうちょっと、充電したいなって思った」

彼は私の反応をうかがっているように見えた。

どうせ、今日、やるべきことは終わった。

だから、時間なんてたくさんある。

そして、単純に彼ともう少し話してみたいなって思った。

「いいよ。どうせ私はたくさん時間あるから、付き合うよ。１００％になるまで」

「じゃあさ、もう少し一緒にいろんなところ行きたいな」

「うん。私も思ってた」

ちょっと前から予兆していた流れになった途端、急に心臓がドキドキとし始めた。

「ありがとう、嬉しいな。ひとりで来たけどさ、やっぱり寂しいなって、ちょっと思ったんだ」

「ちょっとだけなんだ」

「あー、そうじゃなくて、お姉さんと出会ったからだよ。——もう少し話したいなって思ったんだよ。そうだ、さすがに名前聞きたいな」


名前——。

そう言われて、瞬間的に悩んでしまった。

もし、このままデートに行って、いい感じになるのも、いい気がするけど、まだ、それほどの元気が私自身にないように思うし、まだ、同棲を解消した余韻が残ったままで、また、別れ際に寂しさでいろんな感情が引きずり出されて、つらくて惨《みじ》めな気持ちになるのは、嫌だった。


窓越しに見える鴨川の大きな流れと、枯れ草色になった堤防。

そして、秋色になった木々が風で揺れていた。

三条大橋を渡る車や、多くの人の流れを、私は、ぼんやりと眺め続けた。


「——どうしたの？」

彼にそう聞かれて、私はいいことを思いついた。


「ねえ」

「なに？」

「まだ、いろんな感情が整理できてないんだ。——だから、とりあえず今日は、名前伝えなくてもいい？」

「いいよ。変わった提案だけど」

「あと、あなたの名前もまだ聞かないでおきたいな。今日一日は。その代わり、今日、これから一緒にあなたの隣、歩くから。つまり、お互いに名前を告げないで——」

「デートするってこと？」

「そう、デートしてみたいってこと」

彼が私の言葉尻を取って、いたずらにそう言ったから、思わず、私もデートって、言葉を勇気出して言ってみた。

急に両耳が熱くなり始めたような気がするけど、もういいやって思った。

もしかしたら、もう二度と会うこともない人になるかもしれない。

だったら、最初から名前とか、連絡先を聞かないで、最初で最後の関係になれば、気持ちだって楽になれるような気がする——。

「いいよ、デートしよう」

彼は微笑んだあと、なにごともなかったように、コーヒーをまた一口飲んだ。

「俺の京都のイメージって檸檬《れもん》なんだよね」

「変わってるね」

京都に来て、最初に見たいものが、どうして丸善《まるぜん》京都本店の檸檬コーナーなんだろうと思いながら、黄色の表紙の梶井基次郎《かじいもとじろう》の『檸檬』の文庫本が無数に並んでいる棚の前で、私はレモンを右手に持って無邪気に笑っている彼の姿をモバイルバッテリーが付いたままの彼の iPhone のなかに収めた。


棚には四段に渡って、黄色い文庫本が並び、そして、真ん中の段には文庫二冊が重なって置いてあり、その上にレモンが置いてあった。

「テレビジョンみたい」

「いいでしょ。あとでストーリーにあげよう。いろいろ、ツッコまれたい」

「いいなぁ。今でもバカみたいにはしゃげる仲間がいるんだね」

「そのためにレモンひとつ、東京から持ってきたからな」

彼はそう言ったあと、床に置いていたバッグを持ち、レモンを入れた。そして「ありがとう」と言って、私から iPhone を受け取った。

「めっちゃいいじゃん」

「いいと思う。私、檸檬って読んだことないから、きっと、あなたより感動の度合いがもしかしたら低いかもしれないけど」

「俺だって、めっちゃ好きってわけじゃないよ。だけど、たまに妙に心の中に残る小説ってあるじゃん。これが好きって言ったら、めっちゃ根暗《ねくら》だと思われるから、あんまり言わないけどね」

「へえ。そうなんだ」

別に興味はない。だからこれ以上、なにを聞けばいいのかわからなくて、淡白《たんぱく》な返しになっちゃった。そのことを少しだけ後悔したけど、それを気にする間もなく、彼は話を続けてくれた。


「ちょうど百年前に出された作品なんだって。ネットでたまたま記事見て、京都に行きたいなって思ったんだよね」

「それきっかけだったんだ」

「そう、だから、ちゃんと檸檬も買って、読み直したし、今もバッグの中に丸の内の丸善で買った檸檬が入ってるよ」

「やっぱり、いろいろ変わってるね」

「いい推し活でしょ」
「高尚な推し活」
そう返すと、彼はまた微笑んでくれた。

そういえば、私は本が好きだけど、男の人と、本の話をあまりしたことがない気がした。24歳まで付き合った何人かの男子は、本なんて微塵《みじん》も興味すら持ってなかった。むしろ、『そんなの読んですごいね』とか私が本を読んでると、そう言ってくるくらいだった。

「推しってほど、知らないけどね。昼、食べに行こうか」
そう言われたから、私は「うん」と言った。そして、そんな過去、一日忘れようと思い、彼に微笑み返すことにした。

丸善が入っている京都ＢＡＬの六階にある、ロンハーマンカフェで、ふたりでボロネーゼを食べた。青いフカフカのソファに座り、向かい合って、パスタを食べるのは最初のうちは少し緊張した。

　向かい合うと、彼と見つめ合う形になっちゃうから、それが余計に緊張を誘った。だから、パスタがテーブルに届くまで、左側一面に広がるガラスと、バルコニーに置かれたたくさんの観葉植物ばかり見ていた。

　だけど、それは最初のうちだけで、パスタを食べながら、彼と何気ない話をしていたら、スタバで話したときより、より親密になったような気がした。

　もしかしたら、私だけ勝手に感じている親密感かもしれないけど、今さえよければ、それでいいような気もした。


　パスタは彼がiPhoneで支払ってくれた。

　スマートにいいよって言ってくれたのが、久々な感じで嬉しかった。

　彼がどんな仕事をして、どんなことをやっているのか、そして、歳はいくつなのか、ここまでひとつもわかっていない。

　そして、名前はもちろん知ることもないから、このまま今日が終わっても、後悔はしないかもって思った。

喫煙所で私と彼は燃料補給をしたあと、京都BALを出て、地下鉄の駅まで向かうことにした。アーケードの下を横並びになって歩いている。

「最高じゃん」

「なにが？」

「0番線の喫煙所に入ってよかったなって素直に思ったんだ。久々に自分、褒めたい」

「まだ、スタバと丸善とランチしかしてないのに」

「それでも、褒めたいな。なんかわかんねぇけど、楽しいな。それに紅葉《こうよう》は待ってくれるし、時間だってたくさんある」

「そうだね」

「紅葉もだけど、水路閣《すいろかく》、見てみたいんだよね」

「なんか、チョイスが渋いよね」

「今、求めてるのが、たぶん、古き良きものなんだと思うんだよね」

「どういうこと？」

「つまり、俺もある程度、傷心してここに来たってことだよ」

そうは見えないけどって言おうと思ったけど、やめた。

もしかすると、彼も私と同じような恋の傷を持っているのかもしれないなって、ふと思った。

「もしかして、友達に元気ないねとか、言われたってこと？」

「それがさ、いつも元気すぎるのか、全然、心配されないんだよ。どう思う？」

笑いながら、彼はそう返してきた。

だから、私も彼につられて思わず、笑ってしまった。


「だって、レモン、東京から持ってくるくらいだから、傷ついているようには見えないよね」

「だよね」

「だけど、スタバで私の傷を簡単に察知したから、私と似てる理由な気がした」

人生を設計図のように描いていた時期が私にもあった。

同棲して、そこそこ彼氏とは上手くいっていると思い込んでいたし、このまま結婚するんだろうなって、ただ漠然《ばくぜん》と思っていた。

だから、設計図には、25歳で結婚って書いていた。

そして、空想では、26歳で子供が生まれ、28歳で二人目の子供が生まれる予定だった。

「壊れるときって、簡単だよな」

思わず、彼を見ると、彼から悲壮感《ひそうかん》は漂っていなかった。

彼は変わらずに笑みを崩さなかった。


「このレンガもひとつずつ、積み上げて、こんなに大きい水道橋を作ったんなら、本当に昔の人って、我慢強くて、偉大だと思うな」

そう言いながら、彼は右手で赤レンガの橋脚《きょうきゃく》に触《ふ》れた。

それを眺めているだけなのに、なぜか私もレンガの冷たさを想像して、身震いした。

赤レンガで作られたアーチ橋を下から眺めるのは、城壁の前に立っているみたいだった。

「琵琶湖《びわこ》から、手掘りとダイナマイトで、何個もトンネル作ったらしいよ。中学生のとき、聞いたことある」

「へえ。やっぱり偉大だわ」

彼は橋脚から手を離したあと、見上げて、橋をじっくり眺め始めた。中学生のとき、一度、なにかの授業で来たことがあった以来の水路閣は、やっぱり存在感があった。

この水道橋の周りは木々に囲まれていて、赤いもみじと、松の緑の中を色褪《あ》せた赤レンガの横線が貫《つらぬ》いている。背の高い複数の逆Uの字がその横線をしっかりとした重さで支えている。

「たぶんだけど、檸檬が書かれたときにはもうあったんだと思う」

「そう考えると、余計すごく感じるわ」

そう言って、彼は笑ってくれた。

橋脚は不思議な形をしていて、橋脚一本ずつに縦長の逆U字状に穴が空いている。その穴は、水が渡る上の線と平行に貫かれていて、穴から見える奥の景色でより奥行きを感じた。

数え切れない赤レンガはところどころ色褪せて、白くなっていた。

それだけで百年以上の年月が経っていることがわかる。

いつかあらゆる恋もこうなるのかな――。

「ねえ、恋も一緒だと思うんだ。結局、なんでも積み重ねていっても、年数が経てば、こうやって色褪せる。白いところも、同じ赤色だったはずなのに、いつの間にか色が消える感じ」

「なるほどね。レンガの重さは思い出の重さで、それの積み重ねでアーチになると」

彼は視線を私のほうに戻し、私をじっと見つめながらそう言った。

「話が早いね、やっぱり」

こんな変なことを言ってみたのは、すでに彼がこういう話も好きだっていう確証を得ているからだった。


本当はこういう、空想に飛んだ深いような話を誰かと共有したかった。

昔、空想少女だった私は、いつの間にか、一般的すぎるピンクルージュみたいな恋愛観を追いかけすぎて、今まで自分を見失っていたのかもしれない――。

「俺はこういう話、好きだな。概念をなにかに例える感じ。だから、今の話、聞いてさ、お姉さんが誰かとのひとつの恋を大切にできる人なのかなって思った」

そんなことを照れずに言える彼はすごいなって思った。

そう思うと、結局、私から振った話なのに、私のほうが恥ずかしくなって、視線を彼から逸《そ》らした。そして、橋の真下まで歩き、橋脚中心に空いている逆U字の隙間に入り、彼のほうを再び向いた。


「今日、東京駅にライター忘れてきてよかったかも」

「ねえ、あれって本当に忘れてきたの？」

「そうだよ。本当にライター置いてきちゃった」

「私、そういう口実なのかと思った」

「そういう面もある」

「え、それってやっぱり朝から私のこと――」

「かわいいところあるじゃん」

そう言って彼はふふっと笑った。


「ちょっと、口説かないでよ」

「じゃあ、概念返しするわ。俺にとって、恋愛は時間を共有して、ただ、楽しく過ごすことだと思うんだ。うーん、そうだな。それはこれの上を流れてる水みたいに、上流から、下流へただ流れを作るようなものだと思う」

「え、どういうこと？」

「つまり、次の場所に行こうってこと」

気がつくと、彼は私の右手をとり、引っ張った。だから、私は彼の力で簡単に彼の隣へ引き寄せられた。


彼が行きたい場所は京都でも山奥のほうだった。

水路閣から地下鉄の駅へ向かう頃には、辺りは秋色のオレンジに染まっていて、もう夜が始まるんだと、がっかりした。

彼との思い出はもしかしたら、次のところを見て、最後になり、そして、私と彼はまた、それぞれの日常に戻り、二度と会うこともないのかもしれない。

そう思うと、急に寂しくなった。

そんなことを考えながら、地下鉄に乗り、ロングシートに隣同士で座っている間も、まるで、ずっと恋人だったみたいに彼と手を繋いだままだった。

そして、全く会話は尽きなかったけど、ここまで、彼が何歳であるかとか、今、どんな仕事をしているのかとか、そういった情報は全くなかった。

「お姉さん、いつから、読書が好きなの？」

「小学校のときから、図書室、よく行って司書の先生と話してたよ」

「そっか、じゃあ、一緒だな。さすがに図書室によく行くとか、そういうことはしてなかったけど、本屋で本はよく買ってた」

「そうなんだ。その頃から、檸檬、読んでたの？」

「いや、高校生のときだよ。夏文庫で黄色の限定カバーの檸檬、なんとなく買ったのがきっかけ」

左側にいる彼を見ると彼は微笑んでいた。

名前——。

いや、まだダメだよ、聞いたら。

彼と繋いでいない左手をぎゅっと握りしめ、一瞬かすめた誘惑を振り払った。

私が言い始めたことだから、私は彼の名前を聞くのはやめた。

あなたのことが魅力的だからって言って、素直に私の名前を伝えたらいいだけのことなのかもしれない。

だけど、もし、彼にその気がないのなら、このまま、名前を告げずに今日を終わらせたほうが、この人生の一瞬の中で、もしかしたら、一番輝くかもしれない——。

「そのとき、好きだった女の子に振られて、めちゃくちゃ落ち込んでるときだったから、自然と手に取ったのかもしれない。だから、思い入れ強いんだよね」

「どうやって振られたの?」

「ストレートだったよ。『好きじゃないから無理』って」

笑いながら、彼がそう言ったから、私も思わず笑ってしまった。

「ストレートすぎる」

「でしょ。そのとき、めっちゃ落ち込んだもん。まあ、高校生のときの話はいいや。それでさ、俺、小学四年生のとき、親父の転勤にあわせて、群馬《ぐんま》から東京に転校したんだ」

「え、ちょっとまって。私も中学一年のとき、東京から京都に転校したんだ」

「どこだったの?」

「江戸川区《えどがわ》」

「そうなんだ。俺、立川《たちかわ》だから、東西で離れてるね。もしかしたら、一瞬、どこかで会ってたかもね。渋谷《しぶや》とか」

「上野《うえの》動物園とか、スカイツリーとか。江戸川の自然動物園とか」

「確かに、無数に可能性ある。自然動物園はさすがに行ったことないな。——動物好きなんだ」

「ううん。行って印象的な場所あげただけだよ。小さい頃って、なぜか動物園行くでしょ」

「そうかもね。それで、そのあと、京都に来たの？」

「そう。お母さんの実家が京都だから、中一から京都に来たの。だから、江戸川のほうが、私にとっては地元感あるんだよね」

「そっか、東京のほうが住んだ期間、長いからか」

「それに、東京の大学に行ったし、そのあと二年過ごしてたから、私も京都、すごい久しぶりなんだ」

「じゃあ、本当に最近もすれ違ってたかもしれないね。実は、初めてじゃないかもしれないって思うと、無性にわくわくしない？」

「夢見すぎでしょ」

そう言って、ふふっと、笑うと、

「なんだよ、俺だけかよ」

彼は私にそう返しながら、繋いだままの手に力が入ったのか、私の手は笑う彼に強く握られた。


三条駅で京阪《けいはん》電車に乗り換えた。

そして、終点の出町柳《でまちやなぎ》駅に着き、地下からエスカレーターを登り、7番出口を出ると、叡山《えいざん》電鉄の出町柳駅に着いた。道路に面している右側の世界はすでに闇になっていて、道路の向かい側のお店は白く眩しかった。

私は彼に手を引かれながら、視線と反対側の左側の改札の方へ向かった。

改札を抜けると、赤色の四角い観光電車が発車していった。だから、私と彼はその隣のホームに停まっていた白色の四角い普通の電車に乗り込んだ。

赤い電車は混んでいるように見えたけど、乗り込んだ白い電車は私たち以外、まだ誰も乗っていなかった。二両編成の後ろの車両の一番端っこの席に座る私たちは、夢の中に閉じ込められているみたいだ。

「なんか、あっという間に感じた」

「そうだね」

彼のその言葉で私は今、寂しさを感じているんだってふと思った。


「久々に誰かの手をずっと繋いだ気がする」

「私も半年ぶりくらいだと思う」

「そうなんだ。なんかさ、人生って思った通りに上手くいかないよな」

「――確かに」

今年の春くらいまでは、ただ、漠然と人生は予定通り進んでいると思っていた。やっぱり、似たような悩みを持って、彼はひとり旅に出て、ここに来たのかもしれない。

今日の終わりが近いから、急に理由を聞きたくなった。


「――上手くいかなったの？」

「合わなかっただけだよ。ただ、いろいろあって、別れたってだけのことだよ」

「嫌なことを言いあったとか？」

「そう。お互いに相手を必要としなくなったってこと。すごくシンプルに」

彼は真っ直ぐ前を向いたまま、そう静かに言ったから、これ以上、聞くのをやめた。

　そして、夜の黒さとガラスに反射する私と彼をぼんやりと眺めた。


「なあ」

「なに？」

「お互いの名前知らないまま、こんなにいろんな話できると思わなかった」

「私も。寂しいと思わないようにしてたけど、意外と寂しさを感じてたんだって、気がついたよ」

　そう言い終わると、ちょうど電車のドアが閉まり、電車がモーターの甲高《かんだか》い音を上げて、ゆっくりと動き始めた。


　それから、私たちは黙ったままになってしまった。

　電車は着実に山のほうに向かっていて、夜の住宅街を走り抜けていく。

　だけど、手は繋いだままで、駅に止まるたびに、乗り降りする人たちを、ただ眺めていた。だんだんと、住宅街の明かりが弱くなり、山に近づき始めた頃、彼はようやく口を開いた。

「――今日一日付き合ってくれてありがとう。楽しかったよ」

「こっちがありがとうだよ」

「一日じゃ足りないな」

「一日、何時間くらいあればよかった?」

「48時間くらい」

「倍じゃん」

「それだけ、今日一日、あっという間だったってことだよ。君の心の傷が癒《い》えてたら、もっと踏み込んで癒やしたくなるくらいにね」

急に心臓がドキドキと激しく音を立て始めた。

――そっか、私のことを待ってくれてるんだ。

そう思っている間に、放送が入り、急に電車の蛍光灯が消えて、車内は真っ暗になった。

「いよいよだね」

彼はそう言って、窓のほうに身体をひねった。

だから、私も同じように身体をひねり、窓のほうを見た。

前の車両が急に黄色と赤の鮮やかな光に包まれたあと、私たちの車両も簡単にライトアップされたもみじの黄色と赤に一気に包まれた。

——自分次第なんだね。


「待ってくれてありがとう」

「えっ?」

彼が驚いたような表情をして私を見たから、私はすべてを聞く決意をした。

「ねえ、名前聞いてもいい?」

ただ、名前を聞いただけなのに、なんでこんなにドキドキが止まらないんだろう。

京都駅の0番線の喫煙所で初めて会ったときと同じように、彼は優しく微笑んでくれた。

【参考文献】

『覚えておきたい順 万葉集の名歌』佐佐木幸綱（著・監修）、荒木清（編集）――KADOKAWA（中経出版）
『楽しくわかる万葉集（図解雑学）』中西進（監修）――ナツメ社
『万葉の女性歌人たち』杉本苑子（著）――NHK出版
『女と男の万葉集』桜川ちはや（著）――CCCメディアハウス
『万葉集（日本の古典をよむ4）』小島憲之（翻訳）、木下正俊（著）、東野治之（著）――小学館
『新装版 万葉の歌びとたち 万葉読本Ⅱ』中西進（著）――KADOKAWA
『図説 地図とあらすじでわかる！万葉集〈新版〉』坂本勝（監修）――青春出版社
『万葉ことば事典』青木周平（編集）――大和書房
『齋藤孝のざっくり！万葉集 歴史から味わい方まで「すごいよ！ポイント」でよくわかる』齋藤孝（著）――祥伝社
『恋する万葉集』歴史浪漫研究会（編集）――リベラル社
『旺文社古語辞典 第10版 増補版』松村明（編集）、山口明穂（編集）、和田利政（編集）――旺文社

【参考サイト】

奈良県立万葉文化館「万葉百科」 https://manyo-hyakka.pref.nara.jp/db/

蜃気羊へのファンレター宛先

〒104-0031
東京都中央区京橋1-3-1
八重洲口大栄ビル7F
スターツ出版(株) 書籍編集部 気付
蜃気羊 宛

超新釈 エモ恋万葉集

2024年11月28日 初版第1刷発行

著者 蜃気羊 ©Shinkiyoh 2024
発行者 菊地修一
発行所 スターツ出版株式会社
〒104-0031
東京都中央区京橋1-3-1 八重洲口大栄ビル7F
TEL 03-6202-0386(出版マーケティンググループ)
TEL 050-5538-5679(書店様向けご注文専用ダイヤル)
https://starts-pub.jp/

印刷所 中央精版印刷株式会社
Printed in Japan

DTP 久保田祐子

この物語はフィクションです。実在の人物、団体等とは一切関係がありません。

ISBN 978-4-8137-9391-5 C0095

ありのままの私で恋がしたかった
ノベマ！
青春・恋愛ランキング
第1位
蜃《しん》気《き》羊《よう》／著
10秒で
切ない、泣きたい夜の1ページの物語
恋に悩む夜に、自分が嫌になる夜に、心救われる1ページの物語。（以下、本文『君との関係はもう、戻らない』引用）ずっと一緒にいたいと思ってた。それだけ私は君のことが好きだったし、君の理想になれるように無理だってした。だけど、そんな私の背伸びを君は見抜いたんだね。素直になれなくてごめんね。
定価:1,485円（本体1,350円＋税10%）
ISBN: 978-4-8137-9312-0